Uwe Durst
Das Bestiarium

UWE DURST

DAS BESTIARIUM

ERZÄHLUNGEN

Bibliographische Information der Deutschen Natio-
nalbibliothek:
Die Deutsche Nationalbibliothek verzeichnet diese
Publikation in der Deutschen Nationalbibliogra-
phie; detaillierte bibliographische Angaben sind im
Internet über http://dnb.dnb.de abrufbar.

http://www.uwe-durst.de

Covermotiv und -gestaltung: Uwe Durst unter Verwendung eines Photos aus dem Besitz des Autors.

Herstellung und Verlag:
BoD – Books on Demand, Norderstedt

ISBN: 9783758300233

Für Claudia Bath.

Durch pfadlose Öde
Und durch Klippen sodann, die starrten von brüchigen Wäldern,
Sei er zum Sitz der Gorgonen gelangt, und auf Feldern und Wegen
Ringsum hab er gesehn viel Bilder von Menschen und Tieren,
Die aus belebten in Stein der Anblick Medusas gewandelt.
Doch er habe geschaut im spiegelnden Erze des Schildes,
Den an der Linken er trug, die Gestalt der grausen Medusa,
Und als lastender Schlaf sie selber gebannt und die Schlangen,
Hab er dem Rumpf entrissen das Haupt, und der flügelbeschwingte
Pegasus sei aus dem Blute der Mutter gezeugt samt dem Bruder.

Ovid, *Metamorphosen*, IV, 778-786 (Übers. v. Voß)

FRAU GRIESE

Ach, die Helga wieder.

»Du kannst hier nicht mehr leben.«

Und dabei schielt sie im Zimmer herum. In Gedanken verkauft sie meine Möbel und richtet sich ein.

So war sie schon als kleines Kind. Eine Egoistin. Ganz der Vater.

»Das Heim der Barmherzigen Schwestern wäre das Richtige für dich. Dort ist immer jemand da, wenn du Hilfe brauchst.«

»Es geht mir gut. Ich brauch' keine Hilfe. Und keine fremden Leute, die auf mich aufpassen.«

Dieser Zeigefinger, mit dem sie in der Luft herumfuchtelt. Die Grundschullehrerin fordert Aufmerksamkeit, wer nicht pariert, muß in der Ecke stehen. Ich wett', daß sie jeden Tag Strafarbeiten aufgibt und nachsitzen läßt. Und wenn einer schwatzt, wird er an die Tafel gerufen und abgefragt, aber so, daß er nicht bestehen kann und sich vor der ganzen Klasse blamiert.

»Was ist, wenn du wieder stürzt?«

»Mein Gott, ich bin gestolpert und hingefallen. Was ist dabei?«

»Denke wenigstens darüber nach. Es wäre eine große Beruhigung für mich.«

»Schön. Ich denk' drüber nach.«

Am nächsten Tag würd' sie einziehen, und was sie einmal hat, gibt sie nicht mehr her.

»Ich komme jede Woche und sehe nach dir.«

Sie kann's nicht abwarten, daß ich endlich die Augen zumach'.

»Ich muß wissen, ob es dir gut geht. Ob du etwas brauchst.«

»Ich hab' alles. Was soll ich brauchen? Hier gibt's einen Supermarkt und eine Apotheke. Was brauch' ich noch?«

Jetzt grübelt sie. Irgendwie muß ich doch von ihr abhängig sein.

»Du bist nicht mehr gut zu Fuß.«

»Die zwanzig Meter!«

»Und wenn du krank wirst?«

»Dann erfährst du's als erste.«

Endlich. Sie geht.

»Ruf mich an, falls ich etwas besorgen soll.«

»Ja, werd' ich.«

Hab' schon geglaubt, daß sie bis zum Abend bleibt.

»Tschüß. Tschü-üß.«

Sie sitzt in ihrem VW. Gott sei Dank.

»Komm', Tinchen. Komm' ins Haus.«

Tür zu und gut ist's.

Helga hat nichts gemerkt.

»Gute Katz'. Brave Katz'. Liebes Tinchen. Ja, ja. Wenn ich dich nicht hätt'.«

Nur daß ich ein paar Bilder umgehängt hab'. Na und? Ich kann sie aufhängen, wo ich will.

Die Leute. Sie streiten wieder.

Solang' Helga dagewesen ist, natürlich kein Mucks. Bestimmt haben sie gehorcht. Haben alles belauscht, mit dem Ohr an der Wand. Dabei ist's immer das gleiche.

›Mama, ich komme, weil wir Geld brauchen.‹

Natürlich ging's um Geld.

›Otto hat seine Stelle verloren.‹

Sie haben ihn rausgeschmissen.

›Es war nicht seine Schuld.‹

Nirgends bleibt er länger als ein paar Monate.

›Die Aufträge sind zurückgegangen. Sie mußten Personal einsparen.‹

Auf den ersten Blick hab' ich ihn durchschaut. Eine Niete ist er. Ich hab' sie gewarnt: Den heiratest du nicht.

›Und wieviel brauchst du diesmal, Helga?‹

Ich wär' schön dumm, wenn ich ihr davon erzählte. Ein herrlicher Vorwand, um mich ins Heim zu stecken. Die Alte ist übergeschnappt. Die Alte ist senil. Und dann bauen sie das Haus um und finden ihn.

›Was hast du denn da an die Wand gekritzelt?‹

›Ich wollt' ein Bild aufhängen.‹

Es sind nur noch zwei Striche da. Zwei. Das ist der Beweis. Gut, daß ich die Kommode ein Stück vorgezogen hab'.

›Jedesmal wenn ich bei dir bin, kommt mir das Haus kleiner vor.‹

›So ist's immer, wenn man nach 'ner Weile an einen Ort zurückkehrt.‹

›Das stimmt! Nach dem Urlaub konnte ich nicht glauben, in was für einer winzigen Wohnung Otto und ich leben. Und seit Flora auf der Welt ist, sind wir zu dritt auf vierzig Quadratmetern.‹

Ich versteh' schon. Aber darauf geh' ich nicht ein.

Zehn Striche hab' ich vorgestern gezogen, um die Probe zu machen. Und jetzt sind's zwei: Die Wand hat sich bewegt.

Ganz langsam. Man merkt's kaum. Und dann, mit einem Mal, ist ein Bild weg. Oder ein Möbel verschluckt.

›Das Photo von Papa hast du auch abgehängt.‹

›Ich weiß, wie er ausgesehen hat.‹

›Gibst du's mir?‹

Wie die Zahnräder in ihrem Kopf ineinandergreifen. Haben! Haben! Haben! Haben!

'S ist hinter der Wand. Ebenso wie die gelbe Lampe und das kleine Tischchen, auf dem meine gute Lesebrille liegt.

›Ich muß sehen, wo ich's hingetan hab'.‹

›Danke, Mama. Aber nicht vergessen.‹

Was will sie mit dem Bild? Ihr sauberer Papi ist längst fort gewesen, als ich sie geboren hab'.

›Mama, ich komme, weil wir Geld brauchen.‹

Das Photo betrachtet sie als Vorschuß aufs ganze Haus. Jedesmal schwatzt sie mir was ab und fährt's heim in ihre ach so enge Wohnung. Es muß schon 'ne ordentliche Sammlung zusammengekommen sein.

›Und wieviel brauchst du diesmal?‹

Die Geschichte war nicht gut. Ich hätt' ihr was anderes auftischen sollen. ›Dein Vater ist auf hoher See aus einem Boot gefallen und ertrunken.‹ Immerhin, das hat erklärt, warum's kein Grab gibt. Aber ich hätt' sagen sollen, ich wär' von einem Unbekannten überfallen und vergewaltigt worden. Das hätt' mir ihre ewigen Fragen erspart.

›Was für einen Beruf hatte er?‹

›Er war Versicherungsmakler.‹

›Wie alt ist er geworden?‹

›Fünfunddreißig.‹

›Was waren seine Hobbys? War er reich? Hatte er Geschwister?‹

Die Leute. Sie streiten sich.

»Ich weiß nicht, was du willst!«

Der Kerl hat 'ne laute Stimme. Man versteht jedes Wort.

Früher hab' ich sieben oder acht große Schritte gebraucht, um von einer Seite des Zimmers zur anderen zu kommen. Die Striche beweisen, daß ich nicht verrückt geworden bin.

»Du und deine verdammte Eifersucht! Fräulein Treibel ist eine Kollegin. Nichts weiter.«

»Ruhe da drüben! Wer immer Sie sind. Das ist *mein* Haus. Halten Sie den Mund!«

Ich geh' zum Einkaufen, und wenn ich wiederkomm', fehlen dreißig Zentimeter und die Anrichte ist weg.

›Jedesmal wenn ich bei dir bin, kommt mir das Haus kleiner vor.‹

Ganz langsam verschieben sie die Wände.

›Das Photo von Papa hast du auch abgehängt.‹

Aber ich kann sie nicht anzeigen. Was sollt' ich sagen? ›Herr Polizist, sehen Sie, ich hab' lauter Striche an die Wand gekritzelt, und die meisten sind verschwunden. Das ist der Beweis: Meine Zimmer werden kleiner.‹

›Oh, ich glaube Ihnen natürlich, Frau Griese. Wenn Sie sagen, daß die Wände sich bewegen, dann bewegen sie sich auch.‹

›Vielen, vielen Dank.‹

›Aber das Haus im Ganzen wird nicht kleiner, oder?‹

›Nein. Von außen ist nichts zu sehen.‹

›Dann muß hinter den Wänden ein Hohlraum sein.‹

›Mit Sicherheit. Da wohnen sie ja.‹

›Ich mache Ihnen ein Angebot: Ich habe einen schweren Hammer im Wagen, mit dem schlage ich im Eßzimmer die Wand auf. Dann sehen wir, wer dahintersteckt.‹

›Nicht diese Wand.‹

›Warum nicht?‹

»*Tinchen?* Komm' her, es gibt Futter. *Tinchen?*«

Sie anzuzeigen, wär' schön dumm von mir. ›Die Alte ist übergeschnappt. Die Alte ist senil.‹ Und dann bauen Helga und ihre Niete von Ehemann das Haus um.

›Steigen Sie jetzt in den Wagen. Wir bringen Sie in ein Krankenhaus, dort wird man sich um sie kümmern. Und in der Zwischenzeit schauen wir, was hinter der Wand zu finden ist.‹

So würd's laufen.

Abends leg' ich mich ins Bett, und bis ich aufwach', ist's wieder ein Schritt weniger.

»*Tin-chen!*« Wenn das Futter nicht frisch ist, will sie's nicht mehr.

Die ganze Abstellkammer ist verschwunden.

»Gratuliere. Du hast mich aufgepumpt.«

Die Leute streiten.

»Du lügst.«

»Das hab' ich nicht nötig.«

»*Hallo!* Hören Sie mich?«

»Ich hab' die Pille weggelassen.«

»Hören Sie mich?«

»Du wirst jetzt Papi. Das Flittchen siehst du nicht wieder.«

»Das hast du mir nicht vorzuschreiben.«

»Hören Sie doch! Ich bin Frau Griese.«

»Wer weiß, ob das Kind überhaupt von mir ist.«

Sinnlos. Bei dem Geschrei. Ich muß warten, bis es ruhiger ist. Vielleicht, daß ich etwas erreich', wenn ich mit ihnen rede. Wenn ich ihnen laß, was sie sich bis jetzt genommen haben.

»Tinchen? Wo bist du?«

Sie hat wohl draußen 'ne Ratte oder 'nen Vogel erwischt und deshalb keinen Hunger.

»Ich denke nicht daran, mit dir ein Kind in die Welt zu setzen!«

»Du hast's mir versprochen.«

»Das habe ich gesagt, weil ich dich ficken wollte. Aus keinem anderen Grund.«

Gott, was für 'ne Ausdrucksweise.

»Du Schwein! Du mieses Schwein!«

»Hör zu, ich bin fertig mit dir. Es ist aus.«

Daß nur die Küche nicht verlorengeht. Ich brauch' 'nen Kühlschrank.

Das Telephon stell' ich mitten im Wohnzimmer auf den Boden, damit's von keiner Wand verschluckt wird.

»Tinchen? He, kleine Katz'.«

———

DER SCHNEIDER

I.

In einer süddeutschen Stadt lebte vor Jahren ein Schneider namens Achaz Bebel. Er war dürr, weil er sich nur von Brot und gelben Suppen ernährte, die Arbeit in gebeugter Haltung hatte ihm den Rükken gekrümmt, und seine schwach gewordenen, von zahllosen Falten umkränzten Augen schauten hellblau durch eine dicke Brille. Da Schneider ebenso rasch welken wie ihre Finger an Hornhaut gewinnen, war sein Alter nicht an seinem Gesicht abzulesen. Die linke Hand aber, die täglich von Nadeln zerstochen wurde, verriet, daß er um die dreißig Jahre zählte und sich nicht über einen Mangel an Arbeit beklagen konnte. Er hatte viele Kunden, in deren Kleidersäumen er feinste Tropfen seines Bluts zurückließ.

Trotzdem lebte er in grausamer Armut. Die Kleider, die er selbst am Leibe trug, waren abgewetzt, und die Suppen, die er schlürfte, verdünnte seine Frau, denn der Schneider war mit einem bösen Weib gestraft und hatte ein feiges Herz. Sooft Una vor ihn hintrat und ihn zwang, ihr die Einnahmen Münze für Münze in die Hand zu zählen, klopfte es schwer in seiner Brust; sein Rücken krümmte sich noch mehr, und ein Ausdruck der Angst trat ihm in die Augen, weil seine Frau immerzu neue Wege ersann, ihm etwas anzutun.

Darüber hinaus hatte es dem Teufel gefallen, sie mit großer Schönheit zu begaben. Ihre Augen strahlten, sie hatte volle Lippen, ihr Haar war pechschwarz, und sie tat, was immer notwendig war, um diese Pracht zur Geltung zu bringen. Das Schneiderlein vergoß sein Blut für wohlriechende Wässer, teure Seifen und farbige Stifte, mit denen sie ihr Gesicht bemalte. Einen Schrank voll herrlicher Kleider hatte er ihr nähen müssen, in denen sie gleich einem Edelstein funkelte und blitzte, und wenn sie sich herbeiließ, gemeinsam mit ihm auf die Straße zu treten, bildete ihre Köstlichkeit einen schroffen Gegensatz zu dem eingeschrumpften Männlein an ihrer Seite.

Freilich hatte Bebel so viel zu arbeiten, daß er die Werkstatt kaum verließ und recht eigentlich in ihr wohnte, zumal es ihm verboten war, die anderen Räume des Hauses zu betreten. Nur am späten Abend durfte er hervorkommen, um seiner Frau das Haar zu bürsten und ihre erstaunlich rasch nachgewachsenen Nägel zu schneiden. War dies getan, mußte er in die Werkstatt zurückkehren und sich auf dem Schneidertisch zur Ruhe legen, während Una ihn einsperrte und den Schlüssel zweimal umdrehte.

Bebels einziges Vergnügen bestand darin, seiner Frau jeden Abend einige Haare, die sich in der Bürste verfangen hatten, zu stibitzen, sie hernach auf ein fein gewebtes Tuch zu knüpfen und sich an der wachsenden Fülle zu ergötzen, die gleich einem schwarzen Bach über seine liebkosenden Finger glitt. Tagsüber versteckte er die Perücke in einer Schublade, um sie nachts auf den Kopf einer fleischfarbenen Stoffpuppe zu setzen, die er sich angefertigt und mit zwei grünen Knöpfen als Augen versehen hatte. Dann legte er sich das Menschlein zärtlich auf den Leib und küßte es.

Der Schneider hatte schon viele Jahre an der Seite seiner Gemahlin verbracht, sich nie beklagt, nie zu seufzen gewagt und süßen Trost aus der Tatsache gezogen, daß seine Gattin die allerschönste Frau auf Erden war, als er eines Nachts von einer lauten Unterhaltung geweckt wurde.

»Du sollst selbst Tote behexen können«, sagte jemand.

»So geht die Rede. Und es ist wahr«, bestätigte Una.

»Was verlangst du für deinen Zauber?«

»Kommt darauf an, was du begehrst«, erwiderte die Gattin des Schneiders.

Bebel war über diese Worte ebenso erstaunt wie über den nächtlichen Besuch eines Fremden. Er erhob sich vom Tisch, auf dem er sich ausgestreckt hatte, und die Puppe, die er liebkost und im Schlaf an sich gedrückt, fiel zu Boden. Una und ihr Gast verstummten.

Das Gesicht des Vollmonds spähte durchs Fenster und erleuchtete die Werkstatt, die Nacht war still. Nur das Miauen verliebter Katzen war zu hören.

Was man nicht alles träumt, dachte der Schneider kopfschüttelnd, tastete nach der Brille und erhob sich, um die Puppe wieder an sich zu nehmen und ihr Haar zu streicheln.

Doch kaum hatten seine Finger die Locken berührt, waren die Stimmen wiederum vernehmlich und so laut, als sprächen sie ihm unmittelbar ins Ohr.

»Deine Künste sind hoffentlich vier Taler wert.«

Der Schneider fuhr zusammen.

»Sei unbesorgt«, erwiderte Una.

Was geschieht hier? staunte Bebel.

Er schlich zur Tür der Werkstatt und blickte durchs Schlüsselloch. Im Schlafzimmer seiner Frau stand ein feister, rotgesichtiger Herr in mittleren Jahren. Er öffnete seine Börse und legte einige Münzen in Unas Hand.

»Dein Geld ist gut angelegt«, versicherte sie.

»Nun laß mich sehen, was du vermagst«, forderte das Doppelkinn. »Weck' die Leiche auf!«

Des Schneiders Frau lächelte, und indem sie die Halsschließe ihres Kleids öffnete, fiel es zu Boden. Dann faßte sie mit einer Hand die obere Lippe ihres Munds, während die andere die Unterlippe ergriff, und zog die Haut unters Kinn und über den Schädel zurück, so daß der blutbedeckte Kopf eines häßlichen und tierhaften Wesens zum Vorschein kam; sie

20

packte die Haut zu beiden Seiten des Halses, um sie sich über die Schultern zu zerren, und streifte sie endlich, gleich einem engen Gewand, über Brust und Bauch und Beine ab, so daß die Gattin zuletzt von allem Menschlichen entkleidet und blutig vor dem Fremden stand.

Dem Schneider wurde schwindlig.

Ein Kreisel begann, sich in seinem Kopf zu drehen, und eine Steifheit befiel seine Glieder, indessen ihm das Herz bis zum Halse pochte. Mit jedem Schlag erzitterte die Welt, Una küßte den Rotgesichtigen auf den Mund, und der Kerzenschein, der ihr Schlafzimmer beleuchtete, zersprang in tausend Scherben.

II.

Der Morgen fand Achaz Bebel auf seinem Tisch. Er hatte die Zudecke um den krummen Leib geschlungen und lauschte angestrengt. Im Haus waren die Schritte seiner Gattin zu hören.

Dann knackte das Türschloß, und Una trat herein. In der Hand hielt sie ein kleines Tablett, auf dem sie eine Tasse Bucheckernkaffee und ein Stück Graubrot balancierte, das sie, wie jeden Morgen, kaum sichtbar mit Butter bestrichen hatte.

»Was sitzt du hier herum, du Taugenichts?« rief sie zornig. »Warum bist du nicht längst an der Arbeit?«

»Ich habe gestern nacht kaum geschlafen«, flüsterte Bebel.

»Dann hast du zu wenig gearbeitet«, versetzte Una. »Wer arbeitet wird müde, und wer müde ist, dem fallen die Augen von selber zu.«

Bebel erschauerte, denn seine Frau liebte es, ihn mit dem Rohrstock zur Rechenschaft zu ziehen.

»Du hast recht«, antwortete er leise und nickte mit dem Kopf. »Gestern bin ich nicht vorangekommen. Vielleicht werde ich krank. Aber heute will ich mich doppelt anstrengen, und am Abend werde ich in Schlaf fallen, sollten auch alle Geschöpfe der Hölle vor meinem Fenster schreien.«

Seine Augen versuchten, unter Unas Haut das grauenhafte Wesen zu finden, das sie tatsächlich war. Zudem hatte er erwartet, daß ihr Fleisch zu beiden Seiten des Mundes eingerissen sei, konnte aber nichts dergleichen entdecken.

»Daß du mir vor lauter Müdigkeit keinen Stoff vergeudest!« drohte seine Frau mit erhobenem Zeigefinger, und ihre kalten, grünen Augen schimmerten wie frisch polierte Knöpfe.

Sie schloß die rückwärtige Haustür auf, durch die Bebels Kunden zum Schneider gelangten, ohne der Gattin lästig zu fallen.

»An die Arbeit!« kommandierte sie und verschwand. Erst am Mittag würde sie zurückkehren, um ihrem Mann einen Teller gelber Suppe zu bringen.

Bebels Augen schlichen zur Schublade, in der das Menschlein schlief.

Ich muß prüfen, was es damit auf sich hat, dachte er. Vielleicht habe ich nur Fieber gehabt. Im Fieber sieht man die tollsten Dinge. Und er zog die Puppe heraus, löste das feine Tuch von ihrem Kopf, verwahrte sie wieder und schob seine zerstochenen Finger in das schwarze Haar.

Nichts änderte sich: Sein alter Tisch stand wie eh und je in der Ecke, und die Werkzeuge, die seiner Arbeit dienten, hingen säuberlich an ihren Nägeln.

Bebel betrachtete die Kommoden, die Regale, in denen er verschiedene Stoffe lagerte, die Kästen voll bunter Fadenspulen, seine Scheren und Nadelkissen. Über dem Tisch hing ein großer Kalender, in roten Buchstaben war vermerkt, daß er noch heute vormittag bei Bürgermeister Krahl erscheinen mußte, um für einen neuen Anzug Maß zu nehmen.

Es ist doch ein Traum gewesen, überlegte er, da sich nichts zeigte.

Der Dielenboden war mit Fädchen und abgeschnittenen Tuchkanten übersät. Bebel unterließ es oft wochenlang, mit dem Besen durch die Werkstatt zu gehen und die Staubmäuse aufzukehren, die unterdessen viel Nachwuchs hatten.

Nur ein Traum, glaubte er und musterte die Reihen seiner Vorlagenbücher und das halb vollendete Festkleid, das er für die Gattin des Gerichtspräsidenten Fegebeutel genäht hatte. Vor wenigen Tagen war diese urplötzlich vom Schlag gerührt worden und tot umgefallen. Der Witwer verweigerte die Bezahlung des Gewands, für das er nun keine Verwendung mehr hatte. Um des Schneiders Unglück aber vollkommen zu machen, war die Tote eine energische Esserin von erschreckender Leibesfülle gewesen, so daß er Unmengen guten Stoffs für sie zerschnitten hatte und keine Aussicht darauf bestand, jemals eine zweite ähnlich geräumige Kundin zu finden.

Auf was für Ideen man kommt, meinte der Schneider sich am Kopfe kratzend und entdeckte eine Schar Stubenfliegen, die sich auf seinem Butterbrot niedergelassen hatten und ihn mit perfidem Grinsen und leisem Kichern beobachteten.

Bebel erbleichte.

Und nun wollte es ihm erscheinen, als verziehe die ganze Werkstatt ihr Gesicht, als zeige sein Handwerkszeug, das er stets liebevoll gepflegt hatte, ein höhnisches Lächeln; die Regalbretter bogen sich und schmunzelten unter der Last der Stoffe. Der Schneider öffnete seine blauen Augen weit, und seine Finger krallten sich ins schwarze Haar.

»Wann fängt er endlich zu arbeiten an?« fragten sich die blutdurstigen Nadeln, die ungeduldig in ihren Kissen steckten.

Bebel stöhnte.

Das Kleid der Frau Fegebeutel raschelte. Die Falten bewegten sich und ließen den Körper des fetten Weibs unter dem Stoff erahnen.

Bebel riß die Haustür auf und stürzte hinaus.

III.

Die Sonne stand bereits wärmend am Himmel, und alles deutete darauf hin, daß es ein herrlicher Spätsommertag werde. Der Schneider rang nach Luft.

Es ist kein Traum! dachte er und steckte die Perücke unter sein Hemd.

Ganz im Gegenteil: Vielmehr hatte er jahrelang ein Trugbild vor Augen gehabt, das nun verschwunden war!

Keinen weiteren Tag konnte er unter diesem Dach verbringen, in Gesellschaft der Fliegen, des Festkleids und einer Gattin, in der ein Ungeheuer wohnte.

Doch wohin sollte er sich wenden?

»Warum arbeitest du nicht?« verlangte Una zu wissen, die unvermittelt neben ihm stand.

Er sah die feuchte, rosige Höhle ihres Munds sich öffnen und schließen und ihre weißen Zähne unerbittlich aufeinanderschlagen, während sie mit ihm sprach. Hinter den Lippen spähten sie aus dem Zahnfleisch hervor, was, von den Augen abgesehen, der einzig sichtbare Teil des Monstrums war.

»Warum du nicht arbeitest, hab' ich gefragt! Hat's dir die Sprache verschlagen, du Faulpelz?« erkundigte sich die Gattin des Schneiders.

»Mir ist nicht gut«, erwiderte Bebel mit schwacher Stimme, während ihn die Locken unter dem Hemd wie Seide streichelten.

»Nicht gut?« Una lachte. »Das ist die Ausrede der Müßiggänger! Ich sag': Mach' dich ans Werk! Arbeit ist immer die beste Medizin!«

»Ich brauche nur ein wenig frische Luft«, versicherte der Schneider. »Und ich muß ohnehin aus dem Haus. Der Bürgermeister erwartet mich.«

»Der Bürgermeister?« Una musterte ihn argwöhnisch. »Dann geh'«, sagte sie, »aber glaub' bloß nicht, daß du dich herumtreiben kannst. Ich kenn' dich! Um Punkt zwölf steht das Essen auf dem Tisch. Bist du nicht da, schütt' ich's in den Ausguß, und du kriegst den ganzen Tag keine trockne Kante Brot!«

Der Schneider lief in seine Werkstatt zurück, die ihn unbarmherzig auslachte, bekleidete sich vollständig und nahm ein ledernes Täschchen an sich, in das er ein Maßband, einen Notizblock und ein Buch mit Stoffproben schob.

»Um zwölf!« rief seine Frau ihm nach, als er die Gasse entlangeilte.

Bebel brachte vier Straßen zwischen sich und seine Gattin, ehe er vor der Metzgerei Klingbeil stehenblieb, weil helle Punkte ihm kometenhaft über die Augen flogen, und er glaubte, ohnmächtig zu werden, derart weich waren seine Knie, und so sehr zitterten seine dünnen Ärmchen. Er beugte sich vor und rang nach Luft.

Niemals wollte er an den verfluchten Ort zurückkehren, nun, da er dessen wahres Gesicht erblickt

26

und herausgefunden hatte, daß sein Weib nichts war als die Larve einer satanischen Kreatur.

Obschon äußerlich vergilbt, war Bebel noch immer ein junger Mann, der irgendwo anders ein neues Leben beginnen konnte. Freilich, die ersten Jahre würden hart, er müßte sich eine Anstellung suchen, nebenbei eigene Aufträge ergattern, sich mühsam einen Ruf erarbeiten. Mit etwas Glück käme er vielleicht in die Lage, neuerlich eine Werkstatt zu eröffnen. Derweil würden ihn die Zärtlichkeiten trösten, die das fleischfarbene Püpplein ihm spendete.

Dieses aber, durchfuhr es den Schneider, lag noch in seiner Schublade und ahnte nicht, was geschehen war. Unmöglich konnte er es zurücklassen.

Ich weiß etwas anderes, dachte er und beschloß, Una mit einem scharfen Messer die Gurgel durchzuschneiden. Wenn aber die Polizei erscheint und mich verhaften will, dann zeige ich ihr, wie man die Haut von Unas Schädel ziehen kann und sich ihre tatsächliche Gestalt zum Vorschein bringen läßt.

Bebel richtete sich auf. Die Straße war zu dieser Stunde schon belebt, die Geschäfte hatten geöffnet, und einige Passanten, die den Schneider wohl für einen Trunkenbold gehalten hatten, waren unterdessen kopfschüttelnd an ihm vorübergegangen. Ein sehr junger Polizist, der die Straße entlangschlenderte, hob drohend den Zeigefinger, als hätte er des Schneiders Gedanken gelesen. Die Luft vor der Metzgerei war trächtig vom Geruch des Fetts.

Der Verkaufsraum, in den man durch das Schaufenster hineinblicken konnte, war weiß gekachelt, und die mit köstlichen Fleisch- und Wurstsorten gefüllte Vitrine nahm beinah die ganze Breite des Raumes ein. An der Rückwand hingen zwei Plakate, die beide tanzende Schweine zeigten, in deren Rücken ein Messer steckte. Der Metzger kam hinter der Theke hervor und lachte glücklich, während er eine Frau umarmte, die Bebel den Rücken zukehrte und langes, pechschwarzes Haar besaß.

Ich werde sie umbringen, dachte der Schneider.

Indessen herzte sich das Liebespaar und drehte sich um sich selbst. Die Frau war von großer Schönheit, ihre Augen strahlten, sie hatte volle Lippen, weiße, gesunde Zähne, und sie trug ein herrliches, violettes Kleid, worin sie gleich einem Edelstein funkelte. Der Schneider stand reglos vor Staunen; und sie lachte mit dem Metzger, wobei sich die feuchte Höhle ihres Munds öffnete und schloß.

»Lieber Gott«, stöhnte Bebel und fürchtete, daß seine Frau ihn gleichfalls durch das Schaufenster erblicken werde, wie er vor der Metzgerei stand und ihr Tun mit aufgerissenen Augen verfolgte. Entsetzt rannte er davon.

An der nächsten Ecke trat Una mit einem Fremden scherzend und händchenhaltend aus einem Juweliergeschäft. Der Schneider sah, daß sie sich gegenseitig streichelten und mit Küssen bedeckten; er quiekte laut. Das Paar stieg in einen Wagen. Doch schon gewahrte er seine Frau ein drittes Mal, im

Erdgeschoßfenster eines Wohnhauses. Sie trug leichteste Kleidung und war wohl eben aufgestanden; mit zerzaustem Haar öffnete sie das Fenster, hinter dem sich, allem Anschein nach, ein Schlafzimmer befand. Ein Mann mit entblößtem Oberkörper schlang seinen Arm um ihre Taille.

Bebel zitterte am ganzen Leib; er entwich in eine Seitenstraße, seine Frau drehte sich nach ihm um, grüßte ihn mit einem spöttischen Grinsen und lud ihn ein, mit ihr ein schmutziges Haus zu betreten, aus dem sie zugleich herauskam, und viele Male schaute sie aus dessen Fenstern auf ihn herab.

IV.

Am besten, überlegte der Schneider, nachdem er sich im Hauseingang des Bürgermeisters verborgen, beruhigt und seine Entdeckung von allen Seiten betrachtet hatte, am besten tue ich vorläufig so, als hätte ich nicht bemerkt, daß meine Frau die Welt bevölkert.

Die Tat, die er im Sinn hatte, bedurfte der Vorbereitung, um so mehr als er keinem Menschen nach dem Leben trachtete, sondern einem übernatürlichen Wesen, das aus der Hölle emporgestiegen war.

Wollen wir wetten, sagte er sich, daß auch Krahls Weib niemand anderes ist als meine Frau?

Er klingelte, schnelle Schritte näherten sich, die Klinke wurde gedrückt, und Una öffnete die Tür.

Es war dem Schneider, als lasse sie ihre Augen einen Moment prüfend auf ihm ruhen, als ahne sie, daß er hinter die Kulisse schaue; doch sie wandte den Kopf, wie um die Befürchtung zu verscheuchen, und bat das Männchen mit der dicken Brille herein.

Der Schneider folgte ihr, ohne eine Miene zu verziehen.

»Mein Mann ist in seinem Arbeitszimmer«, erklärte Una.

Links befand sich der Salon, dessen Tür offenstand, ein heller, gemütlicher Raum. Die Decke war reich mit Stuck verziert, und an den Wänden klebten grüne Tapeten, auf denen sich bahnenweise eine Pflanzenranke emporwand; die Zweige mündeten in Blüten und gelbe Putten. Indem er vorüberschritt, sah Bebel einige Gemälde in geschnitzten Rahmen, Nippes, der den Kamin schmückte, und Möbel, die man aus dunklem Holz gefertigt hatte. Ein Tischchen machte eine obszöne Geste.

Das Gesicht der sechzehnjährigen Tochter war noch kindlich weich, obschon sich bereits Unas festere Züge andeuteten. Sie saß auf dem Kanapee, las ein Buch, schaute auf, und ihr Blick versengte des Schneiders Leib.

Als er in Unas Begleitung das Arbeitszimmer betrat, war Krahl eben dabei, sein zweites Frühstück zu verzehren. Auf dem Schreibtisch standen zwischen allerlei Papieren und Stiften eine Kaffeetasse und ein Tellerchen, auf dem sich eine angebissene, mit Butter und gelber Marmelade bestrichene Wek-kenhälfte befand. Wo das Sonnenlicht sich spiegelte, blinzelten kleine Augen.

»Ah, mein lieber Bebel«, rief Krahl freudig, kam hinter seinem Tisch hervor und schüttelte die Hand des Schneiders. »Denken Sie sich: Ich brauche schon wieder einen schwarzen Anzug. Und das ganz auf die Schnelle! Nächste Woche wird die Frau des Gerichtspräsidenten beerdigt.«

Bebel öffnete sein Täschchen, dem er Maßband und Notizblock entnahm.

»Sie haben davon gehört?« fragte Una.

Der Schneider nickte. Als ob du das nicht wüßtest, dachte er und antwortete, daß sie jahrelang seine Kundin gewesen sei.

»Ein schwerer Verlust«, meinte Krahl. »Durch ihren Tod blickt die Gastronomie unserer Stadt in eine ungewisse Zukunft. Als Bürgermeister, versteht sich, darf ich auf der Trauerfeier nicht fehlen, die in aller gebotenen Breite und Üppigkeit vonstatten gehen soll. Ich hole also den schwarzen Anzug aus dem Schrank, sicherheitshalber, um zu sehen, ob er noch paßt. Aber wie ich hineinschlüpfen will, merk' ich, daß schon die Motten drin sind und ihn völlig ruiniert haben. Herrgott! Er war fast neu, ich hatte ihn kaum getragen.«

»Soll ich den gleichen Stoff nehmen wie beim letzten Mal?« erkundigte sich der Schneider, der unterdessen das Probenbuch aus der Tasche gezogen hatte. »Oder wollen Sie sich einen anderen aussuchen?«

»Der Stoff ist sehr schön gewesen«, entschied Una. »Wir bleiben dabei.«

Bebel faßte das schlängelnde, giftige Maßband hinter dem Kopf, auf daß ihn das Tier nicht beißen könne, und Una verließ das Zimmer, wobei sie, was Bebel nicht entging, einen letzten prüfenden Blick auf ihn warf.

»Sie werden zufrieden sein«, versprach er und begann sogleich, den Leib des Bürgermeisters zu vermessen. »Ist das Ihre Tochter im Salon?« fragte er mit einem vorsichtigen Auge auf die Blicke, die ihm von allen Seiten wurden.

»Gewiß ist sie das«, antwortete Krahl nicht ohne Stolz und hob auf eine Geste des Schneiders hin gehorsam die Arme. »Sie ist eben sechzehn geworden.«

»Kinder«, meinte Bebel. »Ehe man's recht bemerkt, sind sie erwachsen.«

Er schlang das Maßband um Krahls Brustkorb, der unwillkürlich tief einatmete.

»Ja, ja, wie wahr«, nickte der Bürgermeister. »Schon in ein paar Jahren wird sie heiraten und uns verlassen«, seufzte er. »Man will's kaum glauben, denn sie ist noch immer ein kleines Kind, das mit Puppen spielt.«

Bebel notierte den Umfang der Brust, die Weite des Kragens und der Taille und nach und nach alle Maße des Stadtoberhaupts.

»Wie sie sich über die kleinsten Dinge freut«, erzählte Krahl. »Gestern habe ich ihr ein Märchenbuch geschenkt. Das war ein Jubel!«

Der Schneider zog Unas Haar unter seinem Hemd hervor.

»Was haben Sie da?« fragte Krahl.

»Eine Perücke«, antwortete Bebel. »Ich habe mir eine Puppe gemacht mit einem Schopf aus echtem Haar.«

»Das ist bestimmt ein hübsches Steckenpferd«, glaubte Krahl.

»Ein sehr hübsches«, bestätigte der Schneider. »Fühlen Sie nur, wie seidig die Locken sind!« Und er drückte die zauberkräftige Perücke dem Bürgermeister in die Hand, um auch dessen Augen zu öffnen.

»Sehen Sie?«

»Ja ...«, meinte Krahl, verdutzt den Kopf wiegend, »Sie haben recht. Sehr seidig.«

»Behalten Sie es noch ein wenig in der Hand. Genießen Sie's. Es ist das Haar meiner Frau.«

»Müssen Sie denn keine Maße mehr nehmen?« fragte der Bürgermeister.

»Nein, ich habe alles, was ich brauche. – Und? Sehen Sie?« fragte Bebel erneut und nickte mehrmals zum Zeichen, daß auch er die Häßlichkeit sehen könne, sobald er den Schopf berühre.

»Gewiß, die Perücke ist schön«, erwiderte Krahl unwillig. »Hier, nehmen Sie sie zurück.«

»Noch einen Moment«, bat der Schneider.

»Ich habe doch schon gesagt, daß sie überaus seidig ist.«

»Einen Augenblick nur.«

»Lieber Bebel ...«

»Sehen Sie?«

Aber der Bürgermeister sah nichts.

»Nun nehmen Sie schon!« rief er und warf dem Schneider die schwarzen Haare zu, die Bebel auffing, als handelte es sich um eine gläserne Kostbarkeit.

Es ist mißlungen, dachte der Schneider. Sein Benehmen mußte dem ahnungslosen Bürgermeister aufdringlich und sonderbar erscheinen.

»Ich habe fürchterlich viel zu tun, lieber Bebel«, sagte Krahl und deutete, wie zum Beweis, auf die Kaffeetasse, das Tellerchen und den angebissenen Wecken. »Wenn soweit alles erledigt ist, nicht wahr ...«

»Ich verabschiede mich«, antwortete der Schneider.

Der Bürgermeister öffnete die Tür und reichte ihm die Hand.

»Alexandra«, wandte er sich an seine Tochter, die eben aus dem Salon kam. »Sei so gut und bringe Herrn Bebel hinaus.«

Der Schneider brachte den schwarzen Schopf eilig in Sicherheit, indem er ihn wieder unter dem Hemd versteckte.

V.

Zwölf Uhr war vorüber.

Ich darf mir nichts anmerken lassen, überlegte Bebel, sonst weiß sie Bescheid. Und sorgenvoll dachte er an die tausend Augen, die ihn am Vormittag beobachtet hatten.

Gerade verklang der letzte Schall der Kirchenglocken; die Luft, die eben noch vom Gelächter des Läutwerks erfüllt gewesen war, glomm jetzt im leisen Brummen des Metalls, ehe auch dies erlosch.

Der Schneider trat in seine Werkstatt und glaubte sekundenlang, daß Una seine Verspätung entgangen sei; da gewahrte er ihr hohnverzerrtes Gesicht in einer Nische zwischen dem Stoffregal und dem Schneidertisch. Den Suppenteller hielt sie in der rechten Hand.

Bebel flüsterte eine Entschuldigung, was durchaus nicht sinnlos war. Natürlich ließ sich die Bestrafung hierdurch nicht vermeiden, aber Una geriet stets in maßlose Wut, wenn er es versäumte, sie um Vergebung zu bitten.

»Mein Liebling«, behauptete er mit tonloser Stimme, »Herr Krahl ist ins Reden gekommen und hat mich nicht gehen lassen. Danach bin ich freilich so schnell ich konnte nach Hause gerannt. Siehst du, fast hätte ich es geschafft, auf die Minute zurück zu sein.«

»Ich habe gesagt: Um zwölf!« erwiderte seine Frau, und der Schneider duckte sich, und seine Augen flackerten ängstlich.

Sie trug den Teller, aus dem es heiß empordampfte, zum Abort der Werkstatt, der sich hinter einer Seitentür befand. Kurz nach der Heirat war er dem Haus angefügt worden, so daß der Schneider mit den Nöten seines Leibs die Gattin nicht zu behelligen brauchte und keinen Vorwand hatte, ihren Teil der Räumlichkeiten zu betreten. Sie schüttete den Teller ins Loch, wobei die gelbe Brühe alles bespritzte.

»Wenn du Hunger hast, hier findest du ein leckeres Süppchen. Guten Appetit wünsch' ich.«

Bebel hielt den Kopf gesenkt, bis sie aus der Werkstatt gegangen war und die Tür zugeworfen hatte.

Ringsum blickte er in giftige, schadenfrohe Gesichter. Die Nadeln witterten sein Blut, und das Festkleid der toten Frau Fegebeutel hob den Rock und spreizte die plissierten Falten.

Es wäre gut, einen Freund zu haben, dachte Bebel, einen Menschen, der gleichfalls eingeweiht ist, und sei es nur, um sich gegenseitig versichern zu können, daß man nicht wahnsinnig sei.

Warum hatte Krahl die Wahrheit nicht gesehen? Vielleicht hat er das Haar zu kurz in der Hand gehabt, als daß die Wirkung sich hätte entfalten können, sinnierte der Schneider. Eine halbe Minute mehr, und alles hätte sich ihm gezeigt!

Ich will es noch einmal versuchen, beschloß er, sobald ich ihm die Kleidung zur Anprobe vorbeibringe. Wenn ich fleißig arbeite, werde ich übermorgen soweit sein.

Bebel öffnete die Schublade, in der er die fleischfarbene Stoffpuppe aufbewahrte, und setzte ihr die schwarze Perücke auf den Kopf. Das Menschlein zwinkerte mit den grünen Knöpfen, die ihm als Augen dienten, und der Schneider liebkoste es lange Zeit. Kaum aber hatte er das Haar losgelassen und die Puppe in ihrer Lade verstaut, war das Leben der Gegenstände nicht mehr zu erkennen. Ein jeder schien tot und harmlos zu sein, denn ohne das Haar war Bebel ebenso taub und blind wie wir alle.

Er zog seinen Notizblock heraus, holte Vorlagen und Stoff aus den Regalen und zeichnete mit feiner Kreide die einzelnen Teile des Anzugs aufs Gewebe.

In aller Ruhe mußten die unterschiedlichen Möglichkeiten bedacht werden, wie er seine Frau ums Leben bringen konnte, um sich selbst und die ganze Menschheit von ihrer Tyrannei zu befreien. Er fürchtete, daß es ihm an der nötigen Kraft und Entschlossenheit fehlen werde, auch nur das Weib zu töten, geschweige denn das Geschöpf, das in ihm wohnte und den Kiefer mit den weißen Zähnen öffnete und schloß.

Während der Arbeitsstunden sah er keine Gelegenheit zur Tat. Nur morgens, wenn sie ihm das Frühstück brachte, mittags, sobald er seine Suppe erhielt, und abends, da er ihr Haar bürsten und die scharfen Nägel schneiden mußte, konnte er sich ihr nähern, weil die Tür zwischen der Werkstatt und Unas Teil des Hauses zu jeder anderen Zeit verschlossen war.

Eine weitere Schwierigkeit bestand darin, daß alle Dinge, die in der Schneiderei vorhanden und als Waffe brauchbar waren, sich offenkundig mit der Kreatur verbündet hatten. Freilich konnte er sich mit einer Schere auf Una stürzen. Aber wüßte sie nicht lang bevor sie ins Zimmer träte, daß er hinter der Tür ihrer lauerte? Würde sie nicht von den Klingen gewarnt?

Ich werde mich mit dem Bürgermeister besprechen, nachdem er gesehen hat, was ich gesehen habe, entschied Bebel. Dann überlegen wir gemeinsam. Am besten jedoch bringe ich sie abends um, beim Schneiden der Nägel.

Urplötzlich mußte er nach einem Messer greifen, das er ihr so rasch und oft er konnte in den Leib stieß. Um ihr aber von vornherein einen Großteil ihrer Kraft zu rauben, wollte er Una zuallererst in die Augen stechen.

Der Schneider grübelte, wie er beim Nägelkürzen ein Messer in die Finger bekommen könne. Rings um Unas Bett war keins zu finden, nicht einmal ein Buchmesser lag auf ihrem Nachttisch bereit, um die Bluttat auszuführen.

Das Instrument mußte bereits Stunden zuvor wie versehentlich in seine Hosentasche gelangen, auf

daß es nicht mißtrauisch würde und vom Mord
ebenso überrascht wäre wie Una selbst.

Derweil hatte er den Stoff zugeschnitten und begann, ihn zusammenzuheften. Er war unachtsam,
und eine hinterlistige Nadel drang ihm tief in den
linken Zeigefinger.

VI.

Der Magen war leer geblieben, und der Schneider
spürte großen Hunger, doch er vermochte, nicht darauf zu achten und einem gelegentlichen Gefühl des
Schwindels keine Bedeutung beizumessen. Una
hingegen hatte ausgezeichnet zu Abend gespeist,
der Duft kalten Bratens mischte sich in ihrem Atem
mit dem Geruch des Rotweins, den sie getrunken
hatte.

Der Schneider kürzte ihre Fuß- und Fingernägel;
die kleine Schere, die er gebrauchte, blinkte im
Licht der Petroleumlampen.

»Gib her!« befahl Una, nachdem er diese Pflicht
erfüllt hatte, und nahm ihm das Instrument aus der
Hand. »Jetzt kämm' mir die Haare.«

Gehorsam stellte sich Bebel hinter den Stuhl seiner Gattin und strich mit der Bürste vorsichtig durch
die herabströmende Dunkelheit. Sooft sich aber ein
Haar zwischen den Borsten verfing, pickte er es geschickt heraus und steckte es in seine Hosentasche.

Eine verliebte Katze schrie vor dem Haus.

»Für heute ist's genug«, fand Una. »Geh' zu Bett.«

Der Schneider verabschiedete sich artig, wünschte eine gute Nacht und zog sich unter vielen Verbeugungen in seine Werkstatt zurück, deren Türen von der Gattin abgeschlossen wurden.

Erneut miaute die Katze, und nun war eine zweite zu hören, die in ihre Musik einstimmte.

Bebel holte die Perücke aus der Lade, grub seine Finger hinein und spähte mit seinem bebrillten Auge durch das Schlüsselloch. Ein Mann hatte sich bei seiner Frau eingefunden, aber es war nicht derselbe, von dem sie gestern nacht besucht worden war. Bebel hielt sich den Mund zu, um den Schrei einzusperren, der ihm entfahren wollte, als er entdeckte, daß auch der Bürgermeister sich am ekelhaften Treiben beteiligte.

»Laß uns rasch zur Sache kommen«, sagte Una und begann sofort, sich ihrer menschlichen Erscheinung zu entkleiden, wobei das fette Blut ringsum auf den Boden floß. Ihre Haut schob sie mit dem Fuß beiseite.

»Dein Mann ist heute bei mir gewesen«, erzählte Krahl in besorgtem Ton.

»Ich hab's gehört. Ein neuer Anzug.«

»Er hat sich merkwürdig benommen. Bist du sicher, daß er nichts weiß?« fragte der Bürgermeister.

»Keine Sorge.« Una schüttelte den Kopf, und ihr Fleisch glänzte im Licht. »Er ist ein ahnungsloses Kind.«

»Du bist dir dessen ganz gewiß?« zweifelte ihr Gast.

»Natürlich. Und wenn er doch etwas mitbekommt –« Una zuckte die Achseln. »Fürchtest du dich etwa vor einem krummbeinigen Männchen wie ihm?«

»Er hat sich eigenartig aufgeführt«, beharrte Krahl.

Una lachte.

»Ich glaub' wirklich, du hast Angst!«

»Er hat eine schwarze Perücke bei sich gehabt und mich gezwungen, sie anzufassen. Ich sollte fühlen, wie seidig das Haar sei«, berichtete Krahl. »Es handle sich um das Haar seiner Frau.«

»Er hat dich nicht belogen. Das sind meine Haare«, bestätigte Una. »Der Dummkopf stiehlt sie mir, wenn er mich kämmt. Und hinterher knüpft er sie auf ein Stück Tuch.«

Bebel erschrak.

»Du weißt davon?« fragte Krahl.

»Selbstverständlich weiß ich davon. Ich durchsuch' seine Werkstatt, wenn er nicht da ist. Es gibt kein Geheimnis, das er mir verbergen könnte. Ich hab' meine Augen überall.«

Des Schneiders Herz trommelte in seiner Brust.

»Er hat sich eine Stoffpuppe genäht«, verriet Una. In ihrem von aller Haut entblößten Gesicht waren die Zähne lang und mit blutigen Schlieren bedeckt. »Er ist nicht ganz richtig im Kopf. Aber du mußt dir seinetwegen keine Gedanken machen«, versprach sie. »Los, küß mich!«

Krahl zögerte und warf einen Blick zur Tür, hinter der Achaz Bebel stand. Dann umarmte er dessen

41

Frau und überschüttete ihren unreinen Leib mit tausend Zärtlichkeiten. Im Nu hatte auch er seine Kleidung abgestreift, sich die Haut vom Fleisch geschält und das Tier zum Vorschein gebracht, das er tatsächlich war.

Was geschieht hier? fragte sich Bebel.

VII.

Zwei Tage später war der Anzug zusammengenäht. Der Bürgermeister mußte ihn anziehen, um den Sitz zu prüfen. Bebel hatte Jackett und Hose auf einen Metallbügel gehängt und in braunes Papier eingeschlagen. Er trug sie über der Schulter, indem er den Haken am Zeigefinger hielt. Dabei tat er so, als merke er nicht, daß seine Frau aus jedem Fenster sah und durch jede Gasse ging.

Er erreichte Krahls Haus und läutete zweimal. Noch immer spürte er die Küsse des Menschleins auf seinen Lippen.

»Guten Tag, Herr Bebel«, sagte die Tochter. »Es tut mir leid. Meine Eltern sind nicht da.«

»Wann kommt dein Vater zurück?« erkundigte sich der Schneider und betrachtete das Mädchen mit einem raschen Blick. »Er muß seinen neuen Anzug anprobieren.«

Mit ihren sechzehn Jahren war Unas Schönheit längst erkennbar, trotz des leicht aufgequollenen Gesichts und der etwas pickeligen Haut, die die Reifung zum Weibe verriet. Das lange, pechschwarze

Haar hatte sich bereits fraulich verdickt. Una strich mit der Zunge über die Unterlippe. Der Ekel stieg Bebel bis zum Hals.

»Vielleicht in einer halben Stunde«, meinte sie. »Wenn Sie möchten, können Sie gern im Salon auf ihn warten.«

»Das ist freundlich von dir«, erwiderte der Schneider und trat ein.

Im Foyer stand ein Gummibaum; die Läuse, die sich auf ihm breitgemacht hatten, kicherten, als sie den Schneider sahen, und rissen Witze über ihn.

Während der letzten Tage hatte Bebel viel Zeit gehabt, um über die eigenartige Lage nachzudenken, in der er sich befand. Er begriff, daß er sein Wissen niemandem anvertrauen konnte, denn als Krahl seine Haut aufs neue angelegt und sich verabschiedet hatte, war kurz darauf der verwitwete Gerichtspräsident bei Una erschienen, wohingegen in der gestrigen Nacht der Metzger Klingbeil zu ihr gekommen war, und anschließend jener milchbärtige Polizist, der ihm mit dem Zeigefinger gedroht hatte. Wer mochte noch in die Sache verwickelt sein!

»Machen Sie es sich bequem, bis mein Vater kommt«, riet Una. »Er ist zum Weinhändler gefahren, um einen besonders guten Tropfen zu kaufen. Wir haben heute Abend einen Gast, müssen Sie wissen, den Herrn Gerichtspräsidenten. Sie haben gehört, was mit seiner armen Frau geschehen ist?«

Bebel nickte. Die Kindlein, die in den Pflanzenranken der Tapete lebten, wandten sich dem Schneider zu und musterten ihn neugierig.

»Kennen Sie sich aus mit Wein?« fragte Una.

»Nein, gar nicht«, antwortete er.

»Ich mache mir auch nichts daraus. Ab und zu bekomme ich einen Schluck, aber ich lasse meist die Hälfte im Glas.«

Das lügst du, dachte Bebel.

»Meine Frau liebt Rotwein«, sagte er. »Jeden Mittag und jeden Abend trinkt sie ein Glas Wein zum Essen.«

»So wie meine Mutter«, stellte Una fest und lächelte auf das Liebenswürdigste. »Darf ich Ihnen einen Kaffee anbieten?«

»Dein Herr Vater wird bestimmt in einer Minute zur Tür hereinkommen.«

»Das glaube ich nicht. Er hält sich für einen Kenner, wissen Sie?, und fachsimpelt gern mit dem Händler, um es unter Beweis zu stellen. Oder wie wäre es mit einem Tee? Und ein wenig Gebäck?«

Ehe Bebel etwas erwidern konnte, war Krahls Tochter aus dem Zimmer verschwunden, um nach wenigen Minuten mit einem Tablett zurückzukehren, auf dem sich eine gußeiserne Teekanne, zwei Tassen, Löffel, Zucker und ein Schälchen Spritzgebäck befanden. Sie stellte es auf den Salontisch und setzte sich dem Schneider gegenüber, der inzwischen sehr vorsichtig auf einem der Sessel Platz genommen und den Anzug über die Rückenlehne gelegt hatte.

»Wieviel Zucker nehmen Sie?« fragte das Mädchen, während es Bebels Tasse mit Schwarztee füllte.

»Ich weiß nicht«, antwortete er.

Sie ließ zwei Würfel in die Tasse plumpsen und reichte sie dem Schneider.

»Danke«, sagte Bebel. Er rührte um, blies in den Tee und trank einen winzigen Schluck.

Krahls Tochter hatte weiße, gesunde Zähne, ihre Lippen waren voll, und sie trug ein helles Kleid von einfachem Schnitt, das ihr so gut über den jungen Körper fiel und so angenehm zur Farbe ihres Haares paßte, daß sie gleich einem Edelstein zu funkeln und zu blitzen schien. Hinter den schönen Zähnen, im Innern ihres Leibs, atmete das Ungeheuer.

»Ich kann alles sehen«, sagte Bebel unvermittelt und stellte die Tasse ab.

»Was meinen Sie?«

»Ich weiß, was du bist.«

»Ich verstehe nicht«, antwortete das Mädchen.

»Viele mögen glauben, du seist Krahls Tochter. Aber ich weiß, was du *in Wirklichkeit* bist.«

»Wovon reden Sie?«

Das Mädchen betrachtete den Schneider, als habe dieser urplötzlich den Verstand verloren.

Was für ein Leben war es denn, von der Kreatur und ihren Vasallen ausgelacht und selbst von den

Stecknadeln und abgeschnittenen Fädchen beleidigt zu werden, die sich auf seinem Schneidertisch immerfort zu schamlosen Darstellungen zusammenfanden? Eben noch hatte Bebel geglaubt, ersticken zu müssen. Nun war ihm wohler zumute.

»Ich sehe, daß die Fliege auf dem Gebäck mir die Zunge herausstreckt, während sie ihre Vulva streichelt«, sagte Bebel und lächelte, als er die Verwirrung in Unas Gesicht erblickte. »Und ich weiß, daß du ein blutendes Wesen bist, das sich in trockne Haut gekleidet hat.«

»Ich habe keine Ahnung, was Sie mit diesen Reden bezwecken wollen, Herr Bebel«, gab Una zurück. »Bitte gehen Sie jetzt. Ich werde alles meinem Vater erzählen!«

»Leugnen ist sinnlos«, beharrte der Schneider. »Denn ich habe die Schlangen gesehen, die in deinen Leib gekrochen sind.«

Krahls Tochter verstummte. Sie fuhr zurück und musterte den krummen Mann mit einem Blick, aus dem maßlose Überraschung, schon im nächsten Moment aber Schrecken und Angst sprachen.

»Guter Gott! Herr Bebel!« rief sie nun in flehentlichem Ton. »Ich bitte Sie: Sagen Sie meinem Vater nichts. Er prügelt mich grün und blau!«

»Du abgefeimte Lügnerin!« empörte sich der Schneider. »Kannst du nicht aufhören zu lügen?«

»Ich schwöre es«, antwortete Una. »Beim geringsten Anlaß schlägt er mich mit seinem Gürtel.«

»Sei still!« schrie Bebel, aufgebracht von der beleidigenden Aufführung seiner Frau.

»Sie ahnen ja nicht, wie wütend er sein kann«, rief das Mädchen. Die Kindlein glucksten. Mit ihren fetten Patschhändchen deuteten sie auf den Schneider, und ihre feinen Säuglingslippen wisperten sich gegenseitig hämische Bemerkungen zu. »Ich tue, was Sie wollen«, schluchzte Una und ließ zwei Tränen aus ihren Augen fließen.

»Du Teufel!« brüllte Bebel, ob dieser Verstellung aufs Schärfste gereizt.

»Sagen Sie ihm nichts! Sagen Sie ihm nichts!« bettelte seine Frau unverdrossen und schob einen Ärmel ihres Kleids zurück, um dem Schneider eine Vielzahl blauschwarzer Flecken zu zeigen, die angeblich Krahls Hiebe verursacht hatten.

Die Kindlein lachten.

»Sehen Sie nur, was er mir angetan hat«, weinte die Tochter, und Bebel faßte die Kanne.

Der Schlag traf Una gerade auf den Scheitel. So rasch hatte der Schneider gehandelt und so blind hatten die falschen Tränen das Geschöpf gemacht, daß es sich nicht hatte schützen können. Noch nicht einmal den Arm hatte es gehoben, um die Vernichtung abzuwenden.

Man hörte ein helles Knacken, denn Bebels Kraft hatte ausgereicht, den Schädel zu zerbrechen, aus dem im selben Augenblick das Blut hervorlief.

Una blieb ein paar Sekunden aufrecht sitzen, ohne einen weiteren Laut von sich zu geben, ohne die Augen von ihrem Gatten zu wenden, dessen Tapferkeit sie weit unterschätzt hatte. Dann fiel sie gegen die Rückenlehne ihres Sessels, und ihre Glieder zitterten stark. Bebel trat hinzu und versetzte ihr so lange gewaltige Schläge gegen den Kopf, bis dieser sein Gesicht verloren hatte, sich öffnete und dem Schneider zeigte, daß auch jenes verfluchte Wesen zerstört war.

Sodann hielt er sein Ohr an Unas Mund, aus dem kein Atem mehr zu hören war, und lauschte viele Minuten an des Mädchens junger Brust, ob das Herz sich noch rege; aber alle Laute des Lebens waren verstummt, und der Schneider jubelte und tanzte fröhlich. Indes konnte er es nicht lassen, ihr mehr Schläge zu versetzen, nicht nur um der Sicherheit willen, daß sie sich vom Tod nicht erhole, sondern der süßen Lust wegen, die er hierbei empfand.

Es kam ihm in den Sinn, daß Krahl schließlich zurückkommen werde, und er stellte sich mit der Eisenkanne hinter die Salontür und wartete geduldig, während die Kindlein in den Pflanzenranken kein Wort mehr zu sagen wagten und die Fliege reglos und still auf dem Gebäcke saß.

———

DIE HANDTASCHE

»Es wird dunkel.«

»Ich hab' Hunger, Felix.«

»Wollen die gar nicht mehr aus dem Zimmer kommen?«

»Vielleicht sind sie böse auf uns.«

»Es ist ganz still da drin.«

»Vielleicht schlafen sie noch. Vielleicht sind sie einfach nicht aufgewacht und haben den ganzen Tag geschlafen.«

»Den ganzen Tag?«

»Ich glaub', sie sind krank!«

»Ja, das kann sein.«

»Ob wir mal klopfen?«

»Das dürfen wir nicht. Mama sagt: ›Wenn die Tür zu ist, ist sie zu.‹ Willst du, daß sie uns verprügelt?«

»Aber es wird schon nacht!«

»Kann sein, daß sie gar nicht da sind.«

»Sie haben uns alleingelassen? Warum?«

»Ich weiß nicht.«

»Was machst du, Felix?«

»Pst! Sei still!«

»Sind sie da?«

»Ich hör' nichts.«

»Was, wenn die Mama uns nicht mehr mag und sich andere Kinder geholt hat?«

»Andere Kinder, Bea?«

»Wenn sie uns umtauschen will.«

»Du spinnst. Und außerdem – – Hast du das gehört?«

»Ja! Das war eins von den neuen Kindern!«

»Quatsch!«

»Ein Auto kommt und bringt uns fort, in ein Heim, wo all die Kinder wohnen, die man umgetauscht hat. Mama hat mir davon erzählt.«

»Man kann Kinder gar nicht umtauschen.«

»Kann man wohl. Wenn man sie nicht mehr mag! Wie die rote Handtasche, die Mama in den Laden zurückgebracht hat. Da hat sie's mir gesagt. Und dann sucht man sich neue aus.«

»Was du da erzählst.«

»Die Eltern warten, bis man uns abgeholt hat. Dann kommen sie raus. Wenn wir weg sind.«

»Da drin brennt Licht. Siehst du das Licht unter der Tür? Sie sind wirklich daheim.«

»Guck durchs Schlüsselloch! Durchs Schlüsselloch!«

»Papa sitzt auf dem Bettrand.«

»Was macht er?«

»Ich glaub', er heult.«

»Wieso heult er?«

»Ich weiß nicht.«

»Bestimmt weil Mama uns umtauschen will. Ich hab's gehört, gestern nacht. Er hat gesagt, daß sie nicht schreien soll. Aber sie hat noch lauter geschrien. Daß sie genug hat. Bestimmt weint er deshalb. Weil sie genug hat.«

»Genug? Wovon?«

»Von uns natürlich.«

»Und warum?«

»Es ist wie mit der Handtasche. Wenn's dunkel ist, kommt das Auto. Ein schwarzes Auto mit Gittern an den Fenstern. Mama hat mir so ein Auto gezeigt. Es ist auf der Straße an uns vorbeigefahren.«

»Wir verstecken uns, Bea! Im Keller!«

»Sie werden uns finden. Aber wenn wir sagen, daß es uns leid tut …«

»Dann verstecken wir uns draußen, irgendwo! Da finden sie uns nicht!«

»Mama hat geschrien. Aber auf einmal war's still. Wie wenn man das Radio ausschaltet. Siehst du sie? Wir müssen sagen, daß es uns leid tut.«

»Mama schläft. Papa wischt sich die Augen. Ich glaub', er hat uns gehört. Jetzt guckt er zur Tür.«

»Wir müssen sagen, daß es uns leid tut.«

———

DIE BLAUE FACKEL

Das Schlafzimmer war ohne Heizung. Um nicht zu frieren, hatten sich die Eheleute mehrere Decken über den Leib gelegt. Herr Marzahl war, seiner Gewohnheit folgend, sofort eingeschlafen, während seine Frau Kora noch immer wach lag und die Wände anstarrte.

Ein mattes, bläuliches Licht herrschte im Raum, das, in feine Streifen zerteilt, vom Innenhof durch die Klappläden fiel. Die Tür zum Wohnzimmer wurde auf beiden Seiten durch Möbel flankiert: rechts standen zwei Holzstühle, auf die der Gatte seine Kleider gelegt hatte, links hingegen eine Kommode mit Spiegelaufsatz und ein kleiner Tisch. Auf ihn hatte man, neben allerlei Krimskrams, eine gerahmte Photographie der drei Töchter gestellt; doch im Halbdunkel erschienen die lachenden Gesichter Christinas, Pias und Dorothees mit ihren schimmernden Zähnen Frau Marzahl seltsam fremd.

Sie fürchtete, noch zwei oder drei Stunden auf den Schlaf warten zu müssen, der sich in manchen Nächten auch überhaupt nicht einstellen wollte. Nach einem solchen Martyrium litt sie an großer Übelkeit. Dorothee, die älteste Tochter, mußte das Frühstück auf den Tisch stellen, während die Mama erst im Lauf des Vormittags das Bett verließ, nachdem sich ihr Mann längst auf den Weg zur Arbeit gemacht hatte und die Kinder in die Schule gegangen waren. Sie nahm im Wohnzimmer Platz, wo sie aus Müdigkeit sitzenblieb und bisweilen für eine halbe Stunde in einen lauen Schlummer fiel. Nachmittags kamen die Kinder zurück, und Dorothee kochte eine Suppe.

In der unteren Wohnung hustete Herr Ambros laut und hart.

Frau Marzahl konnte ihr Gesicht im Spiegel der Kommode sehen. Im Lauf der Jahre war es, trotz aller Magerkeit, dem ihrer Großmutter immer ähnlicher geworden, und im trüben Licht des Schlafzimmers wollte es ihr einen Moment vorkommen, als blicke ihr aus dem Glas tatsächlich das Gesicht der alten Frau entgegen. Sie preßte die Lippen aufeinander, anscheinend hielt sie den Atem an. Was tut sie? überlegte Frau Marzahl und erkannte im selben Augenblick, daß sich ihr ein Traum genähert hatte und sogleich wieder verschwunden war.

»Gott«, stöhnte sie, »laß mich endlich schlafen!«

Sie faltete die Hände und begann, leise zu beten.

In jungen Jahren hatte sie nachts gleichfalls Probleme gehabt, obwohl es ihr damals nicht schwergefallen war, die blaue Fackel des Schlafs zu entzünden. Vielmehr hatte sie so intensiv geträumt, daß sie, ohne das Bewußtsein zu erlangen, aufgestanden und in der Wohnung umhergegangen war. Die Mittel, mit denen die Eltern versuchten, ihr zu helfen, heiße Bäder, warme Milch, lange Fußmärsche, blieben ebenso erfolglos wie die Kunst der Ärzte, die nach und nach hinzugezogen wurden. Letztere, so schien es, vermehrten die Symptome sogar, da Kora begann, mitten in der Nacht die Wohnung zu verlassen, um im Schlafgewand auf die Straße hinauszutreten. Die Eltern versperrten die Ausgangstür, erzielten hierdurch aber nicht den gewünschten Erfolg, denn die Tochter fand den Schlüssel, wo immer sie ihn versteckten. Als sie ihn aber nicht mehr finden konnte – der Vater verbarg ihn schließlich unter seiner Matratze – geisterte sie durch die Räume, öffnete Schubladen und Schränke und verteilte deren Inhalt auf dem Boden.

Ihre Großmutter wohnte damals in einem kleinen, mit gehäkelten Deckchen geschmückten Zimmer am Ende des Flurs. Da sie nachts mehrmals die Toilette aufsuchen mußte, traf sie Kora oft an der Garderobe an, wo sie dabei war, Mäntel und Taschen nach dem Wohnungsschlüssel zu durchsuchen, und erzählte am nächsten Tag, was für Kulleraugen die Enkelin gemacht habe. Dabei lachte sie boshaft.

Die großen Augen hat Dorothee von mir, sagte sich Frau Marzahl. Sie hatte ihr Gebet beendet, an dessen Zauberkraft sie nicht glaubte, und betrachtete neidvoll ihren Mann, der sich so tief in sein Bettzeug verkrochen hatte, daß nur noch die Nase und sein Mund hervorschauten.

Ob Dorothee schon einen Freund hat? Aber nein. Dafür ist sie zu jung. Andererseits, heutzutage, die Kinder entwickeln sich schneller als früher.

Herr Ambros hustete.

Ich sollte mir Wachspropfen in die Ohren stecken, dachte Frau Marzahl; doch sie wußte, daß sie dann das Klopfen des eigenen Herzschlags hören würde, dessen Doppelton ihr stets verkündete, wie kurz das Leben war.

»Ganz runde Augen hat sie gemacht!« rief die Großmutter und öffnete die eigenen Lider derart weit, daß die Augen aus ihrem Gesicht hervorsprangen. »So rund waren sie.« Die Großmutter lachte darüber, wie flink die kleinen Kinderhände in die Manteltaschen gehuscht waren und den Schlüssel doch nicht hatten finden können.

Im Zimmer war es recht hell, nun da sich die Augen an das blaue Licht gewöhnt hatten.

»Hör' auf zu trödeln!« befahl die Großmutter. »Wir müssen los. Die Messe wartet nicht auf uns.«

Das Schlafwandeln hatte aufgehört, als Kora dreizehn Jahre alt geworden war. Zum Glück hatte es sich nicht an ihre Töchter vererbt, deren unbeaufsichtigte Leiber nachts keine Handlungen vollführten, von denen die Mädchen nichts ahnten.

Die Großmutter war lungenkrank gewesen und eines Nachts in ihrem Bett erstickt. Die Familie fand sie am nächsten Morgen unter ihrer Zudecke, und über die aufgesperrten Augen hatte sich ein trüber, weißlich-blauer Film gelegt.

»Gunther, wach auf!«

Frau Marzahl zog ihrem Mann die Decke vom Kopf, so daß sie sein breites Gesicht sehen konnte. Wenn er schlief, wurde die Stirn durch eine tiefe Falte über der Nasenwurzel in zwei Hälften geteilt.

Seine Augen waren geöffnet, zwei glänzende, durchscheinende Bälle, von denen selbst ein blaues Licht auszugehen schien. Sie blickten der Gattin ins Gesicht, während sich der schmale Brustkorb langsam senkte und hob.

Frau Marzahl faßte die Schulter ihres Gatten und begann, ihn zu schütteln. Er sollte zu Herrn Ambros hinuntersteigen und ihn zurechtweisen, ihm sagen, daß man sich beim Vermieter beschweren werde. Marzahl aber hatte einen festen Schlaf, der jeden Versuch, ihn aufzuwecken, vereitelte, und der Husten, der im nächtlichen Zimmer deutlich zu hören war, belästigte ihn nicht.

Was für ein stumpfer Mensch, dachte Frau Marzahl, die bereute, sich mit ihm vermählt zu haben. Seinerzeit war sie hübsch gewesen, gewiß hätte sie einen anderen und besseren Bräutigam finden können. Doch Marzahl hatte sie bezaubert, ein junger, lebenslustiger Kerl, mit einem Kopf voller Pläne, strotzend vor Tatendrang. Nach Dorothees Geburt hatte er sich mit der Stelle eines unscheinbaren Verwaltungsangestellten begnügt und all seine Vorhaben aufgegeben. Manchmal redete er noch davon, ein Geschäft anzufangen und hierdurch unerhörten Reichtum zu erwerben; aber seine Frau wußte jetzt, daß dergleichen nie etwas anderes gewesen war als ein bloßes Spiel seiner Phantasie.

Ich werde Dorothee beiseite nehmen, beschloß Frau Marzahl. Ich will ihr sagen, daß sie sich nicht verschwenden soll.

Sie ließ von ihrem Gatten ab, der nicht erwachen wollte und mit seinen blauen Augen durch sie hindurchschaute. Frau Marzahl richtete sich auf, schlüpfte in die Hausschuhe, die vor ihrer Seite des Bettes standen, und erhob sich. Einen Moment lang fühlte sie einen Schwindel, als wäre sie in ein kleines Boot eingestiegen, die Holzstühle, die Kommode und das Tischchen mit der gerahmten Photographie beugten sich über sie.

Frau Marzahl fröstelte. Sie hatte nur ein baumwollenes Nachthemd am Leib und eilte in den Flur, wo sie ihre Jacke vom Haken nahm. Ihr Mann hatte vor dem Zubettgehen die Wohnungstür abgeschlossen und die Kette vorgelegt, um die Familie vor Einbrechern zu schützen. Doch der Schlüssel hing nicht am Brett. Sie begann, die Garderobe zu durchsuchen und steckte ihre Hände in alle Taschen, bis sie ihn in Marzahls Jackett gefunden hatte.

Dann öffnete sie die Tür, trat hinaus und ging die Stufen vom vierten in den dritten Stock hinab, ohne das Hauslicht anzuschalten. Durch die Stiegenfenster drang genügend Helligkeit: Sie schauten auf den Innenhof hinaus, der, vom Mondschein überstrahlt, mit Schnee bedeckt war. In keiner Wohnung brannte eine Lampe. Jedermann schlief tief und fest.

Als Frau Marzahl eines Tags die Treppe hinabgestiegen war, hatte sie ein schwaches metallisches Glitzern über Ambros' Tür bemerkt, wo dieser einen Ersatzschlüssel zwischen Rahmen und Wand versteckt hatte.

In seiner Wohnung hing ein dumpfer, lauwarmer, etwas salziger Geruch, der sie an die Zeit erinnerte, in der sie mit ihrer korpulenten Großmutter jeden Sonntag zur Kirche gegangen war. Im Sommer, als die Alte wegen der Hitze ein leichtes Kleid getragen hatte, waren die Gänge besonders unangenehm gewesen. Die Großmutter war nicht mehr gut zu Fuß und hängte sich in den Arm der Enkelin auf eine Weise ein, die ihren eigenen Schritten Festigkeit gab, das Kleidchen des Kinds aber so sehr mit Schweiß durchtränkte, als hätte man ein Wasserglas darüber ausgeschüttet.

Oft wünschte sich Kora, daß die Kirchenbesuche aufhören würden, und der Widerwille, den sie gegen die greise Frau empfand, gegen ihre nassen Küsse und säuerlich riechenden Umarmungen, verwandelte sich mit den Jahren in geheimen Abscheu und Haß.

Die Läden waren fast ganz heruntergelassen, auf den Wänden des Schlafzimmers lag ein blauer Glanz.

Der alte Mann hustete in seinem Bett. Um nicht zu frieren, hatte er sich mehrere Decken über den Leib gelegt und sich so tief in sein Bettzeug verkrochen, daß allein Nase und Mund hervorschauten.

Frau Marzahl packte das oberste Deckbett und warf es über sein Gesicht. Ambros machte eine überraschte Bewegung und stieß einen Laut des Erschreckens aus; schon im nächsten Augenblick aber hatte die Nachbarin sich auf ihn geworfen und hielt die Decke mit dem Gewicht ihres Leibs an Ort und Stelle. Der alte, durch Krankheit geschwächte Mann wehrte sich lange Zeit, so daß sie schon glaubte, daß er unter der Decke ein Luftloch gefunden habe.

Schließlich aber verstummte sein Mund, und der Nachbar bewegte sich nicht mehr.

Frau Marzahl wartete einige Minuten, um ganz sicherzugehen; dann ließ sie von ihm ab, trat aus der Wohnung und stieg das Treppenhaus hinauf. Abermals legte sie sich neben ihren Mann und deckte sich zu. Die Töchter lachten, ihre Zähne schimmerten, und die Großmutter schielte aus dem Spiegelaufsatz der Kommode.

Marzahl schlief tief und fest, während seine Gattin Nacht für Nacht die Qualen endloser Wachheit litt. Daß er ihre Träume zerstört hatte, bedrückte ihn nicht im mindesten. Er hielt sich sogar für einen guten Ehemann, weil es ihm gelang, seine Frau und drei Kinder mit allem Notwendigen zu versorgen.

Jeden Morgen ging er zur Arbeit, jeden Abend kam er zwanzig Minuten nach fünf zurück, die Uhr konnte man nach ihm stellen, niemals besuchte er eine Kneipe, niemals zog es ihn an einen anderen Ort als in den Schoß seiner Familie und seiner Frau. Stets dachte er an den Geburtstag der Gattin, stets schenkte er ihr einen Strauß Blumen, Süßigkeiten und ein winziges Schmuckstück von geringem Wert, und stets behauptete er, daß sie immer noch so schön sei wie damals, als sie sich kennengelernt hatten.

Dabei war es unübersehbar, daß sie alt wurde. Um den Mund hatten sich Falten in ihr Gesicht gegraben, in ihr braunes Haar mischten sich silberne Fäden, ihre Augen wurden schwächer. Nicht mehr lange und sie würde eine Brille tragen müssen.

Lieber würde ich taub werden, dachte sie grimmig.

So geregelt Marzahls Tage waren, so sehr war er es gewohnt, auf Stichworte unausweichlich mit bestimmten Anekdoten zu antworten, die seine Frau schon hunderte, ja tausende Male gehört hatte. Marzahl aber erzählte sie ihr immer aufs neue, und immer in einer Weise, als sei ihr das Gesagte noch nie zu Ohren gekommen. Offenbar glaubte er selbst daran, denn er fühlte sich berechtigt, freudig die Stimme zu heben, um ihre Aufmerksamkeit zu erzwingen.

In der unteren Wohnung hustete Herr Ambros laut und hart.

»Guter Gott«, stöhnte Frau Marzahl.

Mit Sicherheit hatte die Bewußtlosigkeit nur wenige Augenblicke gedauert, und die Nacht lag in ihrer ganzen peinvollen Länge noch immer vor ihr.

Wenn ich wenigstens eine Tablette hätte oder mich betrinken könnte, dachte sie und ärgerte sich über ihren Mann, der aus Angst um seine halbwüchsigen

Töchter weder Schlaftabletten noch Alkohol in der Wohnung duldete.

Natürlich, dachte Frau Marzahl. *Er kann ja schlafen.*

Herr Ambros hustete.

»Gunther, wach auf!«

Sie hob ihrem Mann die schwere Bettdecke vom Gesicht.

Seine Augen waren weit geöffnet, zwei glänzende, durchscheinende Bälle, von denen ein blaues Licht auszugehen schien. Sie schauten der Gattin ins Gesicht und blickten durch sie hindurch.

———

DER MAGIER

Das niederbayerische Dorf, in dem wir damals lebten, bestand aus schiefgewohnten Häusern, die sich um eine große Kirche versammelt hatten. Die Männer waren ängstlich, und die Weiber verrückt vom Beten des Rosenkranzes: sie flehten zu Gott um ihr tägliches Brot, um die Vergebung ihrer Sünden, um die Befreiung von Krankheiten, um das ewige Leben, und der Pfarrer war innig bemüht, ihre Gottesfurcht zu mehren, indem er sie über die Allmacht des Herrn in Kenntnis setzte.

Wahrscheinlich war mein Vater der einzige, der ihm keinen Glauben schenkte. Zwar ging er jeden Sonntag zur Kirche, doch nur, um mir einen Gefallen zu tun. Ich wollte nicht, daß er allein zuhause blieb.

»Wenn Gott allmächtig wäre«, flüsterte er mir zu, »dann wäre er in der Lage, einen Stein zu schaffen, der so schwer ist, daß er selbst ihn nicht heben kann.«

Mama hatte er dergleichen Gedanken täglich auseinandergesetzt, und er fügte hinzu: »Da Allmacht unmöglich ist, ist auch Gott unmöglich!«

Sooft er diese Schlußfolgerung gezogen hatte, war Mama zusammengezuckt und hatte sich sorgenvoll nach allen Seiten umgeschaut, denn sie glaubte nicht anders, als daß der Herr eine derartige Frechheit sogleich bestrafen werde.

Papa grinste von einem Ohr zum andern.

Freilich war es ihm nie gelungen, sie von seinen lästerlichen Ideen zu überzeugen, denn Gott hatte den Warsteiner Erwin in einen rostigen Nagel treten lassen, weil er an vier Sonntagen hintereinander lieber im Bett geblieben war, um seinen Rausch auszuschlafen, als in die Kirche zu gehen: um ein Haar hätte der Bauer seinen Fuß verloren. Die Zaiser Maria aber hatte für ihr Fluchen während der Schwangerschaft zwei schwarze, vielköpfige Monstren zur Welt gebracht, bei deren Anblick sich die Hebamme entsetzt und bekreuzigt hatte. Man wußte, wie schnell Gott in Zorn geriet, wie kleinlich und bösartig er war. Wenn es ihm gefiel, starb das Vieh und die Äpfel faulten an ihren Zweigen. Man mußte sich vorsehen, und Mama lächelte stets freundlich, wenn der Geistliche unseren Laden betrat.

»Ein Glas Honig«, verlangte er.

Pfarrer Eisenhut war klein, dick und bis obenhin mit Blut gefüllt. Die prallen Wangen drückten ihm die Augen zu, was seinem Gesicht einen zugleich fröhlichen wie listigen Ausdruck verlieh, der selbst dann nicht verschwand, wenn er zu einer Beerdigung auf den Friedhof ging. Sein Rumpf ähnelte einem Ballon, die Beine und Arme waren kurz, die Hände feucht. Sie hatten weiche Finger.

»Blüten oder Wald?« fragte Mama, als sie die Sprossenleiter hinaufstieg, denn der Honig stand weit oben im Regal.

»Blüten, wenn ich bitten darf«, antwortete der Pfarrer.

Ich hatte am Fenster Platz genommen, ich spielte mit einer Puppe, und Vater saß neben mir. Er blinzelte mir zu.

»Habe ich morgens keinen Honig auf meinem Butterbrot«, gestand der Kleriker, »ist mir der ganze Tag vergällt.«

Er lachte gedämpft, und meine Mutter stimmte sogleich mit ein. Dann faßte sie nach dem Glas, indem sie sich ein wenig streckte und mit der Linken am Regal festhielt. Auf der Leiter rutschte man schnell aus.

»Wenn es so ist, werde ich Ihnen immer ein Glas zurücklegen«, versprach Mama.

Vorsichtig stieg sie herab, wobei ihr rechter Fuß nach der nächsten Sprosse suchte wie ein blindes Tier. Mama war füllig, und das Holz knarzte unter ihrem Gewicht. Sie verfügte über stramme Glieder und eine große Brust.

»Da ist der Blütenhonig«, sagte sie und stellte das Glas auf die Theke. Ihr Lächeln war schön, damals waren ihre Zähne noch gesund. »Darf's sonst was sein?«

Pfarrer Eisenhut schüttelte den Kopf, zog einen schwarzen Geldbeutel aus der Hosentasche und rührte mit dem Zeigefinger in seinen Münzen. Er hatte magische Hände: Sobald er sie faltete, lauschte Gott, was er ihm zu sagen hatte.

Einmal war der Filzer Andres unfreundlich geworden und hatte sich geweigert, dem Pfarrer einen Korb Birnen zu schenken. Alles, was er besitze, hatte der Geistliche ihm erklärt und warnend zum Himmel hinaufgezeigt, alles stamme von Gott, der ebensogut zu geben wie zu nehmen verstehe, der sowohl Licht wie Finsternis schaffe, Frieden schenke wie Unheil stifte. Der Andres aber war stur und trotzig geblieben, und in der darauffolgenden Nacht hatte ein Blitz sein Weizenfeld angezündet.

Vater glaubte an einen Zufall, und eher noch habe der Geistliche selbst die Hand im Spiel gehabt.

»Das wäre viel plausibler als der Eingriff eines unmöglichen Gotts«, flüsterte er.

Pfarrer Eisenhut legte drei Münzen auf den Tisch, zögerte, schwankte von einem Bein aufs andere und deutete schließlich auf eine Tafel Milchschokolade und eine Tüte Zitronenbonbons, für die er noch drei weitere Münzen aus seinem Geldbeutel hervorzog.

»Ich sollte ja nicht ...«, räumte er ein und kicherte wie ein Mädchen.

Anders klang seine Stimme, wenn er von der Kanzel herab beschrieb, wie Gott mit Sündern verfuhr.

Die Gilster Liesl hatte sich herumgetrieben; der Herr aber hatte die Untat nicht übersehen und sie jedermann sichtbar gemacht. Man fragte sich, wer der Mittäter gewesen sei. Schließlich war die Liesl zum Brunnen hinter der Kirche gegangen.

Mama zog eine Papiertüte hervor, tat das Honigglas, die Schokolade und die Bonbons hinein, schlug den Rand um und reichte sie dem Pfarrer, dessen Gesicht leuchtete.

»Der Herr ist gütig«, erklärte er, »denn er hat die Honigbiene gemacht, den Kakao und die Zuckerrübe, um unser Dasein zu erleichtern.«

Ich küßte meine Puppe, und Vater schlurfte in seinen Pantoffeln hinter die Theke, wo er das Geld des Pfarrers in der Kasse verschwinden ließ.

»Gott kann nicht gütig sein«, sagte er, »denn es gibt Leid in der Welt.«

Pfarrer Eisenhut wischte mit seiner kleinen weichen Hand durch die Luft, als gälte es, eine lästige Fliege zu vertreiben, die sich ihm auf die Stirn gesetzt hatte.

»Die Antwort darauf ist sehr einfach«, erwiderte er mit gespitzten Lippen. »Es gibt Leid, weil Gott nicht will, daß wir Maschinen sind. Deshalb hat er dem Menschen einen freien Willen geschenkt und ihm die Möglichkeit gegeben, sich für das Böse zu entscheiden.«

Hinter der Theke stapelten sich frisch gelieferte Waren. Vater nahm einige Päckchen, drückte sie gegen seine Brust und stieg die Leiter hinauf, um sie an ihren Platz zu stellen.

»Gott vermag also keine Welt zu erschaffen, in der es kein Übel gibt und der Mensch zugleich über einen freien Willen verfügt?« erkundigte er sich und schob drei Zuckerpäckchen ins Regal.

Pfarrer Eisenhut nickte.

»Dann ist Gott also nicht allmächtig?« fragte Papa. »Und es gibt gar kein Paradies?«

Der Geistliche stieß einen Schrei aus, der meinen Vater erschreckte. Ein viertes Päckchen glitt ihm aus der Hand, er griff danach.

»Wie lange ist es jetzt her«, fragte Pfarrer Eisenhut, »daß Ihr Mann so unglücklich zu Tode gekommen ist?«

»Drei Jahre«, antwortete Mama. »Letzte Woche sind's genau drei Jahre gewesen.«

Seither kümmerte sie sich allein um das Geschäft.

»Ich bin sicher, daß Gott am Jüngsten Tag über seine irrigen Auffassungen hinwegsehen wird«, meinte der Geistliche und schürzte die Lippen. »Auf Wiedersehen, Frau Finkl.«

»Auf Wiedersehen«, antwortete Mama und lächelte.

Er trat aus dem Geschäft, das Glöckchen über der Tür ließ ein fröhliches Bimmeln hören, und ich sah durchs Fenster, wie der Kleriker auf seinen kurzen Beinen davonging.

Die Liesl hatte man erst nach Wochen gefunden.

Der alte Schroll schlich herbei, mit gesenktem Kopf, und Pfarrer Eisenhut hob den rechten Zeigefinger, wies zum Himmel hinauf und redete auf den Bauern ein, wobei er, wie es schien, jedes einzelne Wort mit einem Stoß seines Fingers unterstrich.

Vater griff meine Hand und streichelte sie.

Schrolls Sohn war krank geworden. Ein roter Ausschlag hatte seinen ganzen Leib bedeckt, und auf einem Auge war er erblindet, denn er hatte zum Verdruß des Pfarrers im Katechismusunterricht mit einem Holzpferdchen gespielt.

Der Pfarrer redete, und Schroll nickte unablässig. Er kam nicht zu Wort und begriff wohl, daß er nichts tun konnte und sein Sohn nicht zu retten war.

———

IN DER GEKRÜMMTEN GASSE

Vaters Auto hielt vor dem Haus, ich erkannte das Geräusch des Motors, ein tiefes Knurren, in das sich das Scheppern des Auspuffs mischte. Zwei Stunden hatte ich auf der Treppe gesessen, seit ich von der Schule heimgekommen war und eine Nachbarin mir die Haustür geöffnet hatte. Ich lief zum Eingang und spähte durch das vergitterte Fenster hinaus.

Das Auto lärmte, ein sicheres Zeichen, daß heute kein guter Tag sei. Der Opel stieß in die Parklücke, während Vater mit rotem Kopf hinterm Steuer saß und am Lenkrad kurbelte. Mama hatte wie immer auf dem Beifahrersitz Platz genommen, geduckt und mit zusammengepreßten Lippen, eine Einkaufstüte auf dem Schoß. Der Wagen rollte vor und zurück, bis er in der Lücke stand.

Vater griff nach der Zeitung, die auf dem Armaturenbrett lag, stieg aus und warf die Tür zu. Sein Gesicht glänzte vor Schweiß. Das Haar hatte sich von der Stirn zurückgezogen, und sein Mund war so schmal, daß es schien, als habe man ihm die Öffnung mit einem feinen Messer in die Haut geschnitten.

»Brauchst du eine extra Einladung?« fragte er.

Mama beeilte sich, aus dem Wagen zu kommen. Sie trug ein grünes, mit Blüten besticktes Kleid,

Überbleibsel einer anderen Zeit, an die ich mich schon damals nicht mehr erinnern konnte. Nur ein Haus mit braunen Schindeln und ein Garten, in dem eine blaue Schaukel stand, sind mir im Gedächtnis geblieben, und daß mein Vater damals einen goldfarbenen Mercedes fuhr, der gutmütig schnurrte.

»Wie blöd bist du? Mach' die Tür richtig zu!« schimpfte er, klemmte die Zeitung unter seinen Arm und hinkte um das Fahrzeug herum. Er öffnete die Beifahrertür erneut und knallte sie zu.

Ich trat auf die Straße. Ich wollte die Eltern freundlich begrüßen, denn manchmal gelang es mir, einen Streit zu beenden, indem ich lachte und ein gutes Mädchen war.

Vater antwortete nicht, Mama schaute zu Boden, und schweigend gingen wir ins Haus.

Unsere Wohnung lag im Erdgeschoß. Über einen kurzen Flur gelangte man ins Wohnzimmer, das eine Eßecke enthielt, einen zerkratzten Couchtisch, einen Fernseher, ein graues Sofa, das nach Hund roch, und rote, überweiche Sessel, die nur aus Schaumgummi zu bestehen schienen und deren Nähte in regelmäßigen Abständen mit Zwirn geflickt wurden. An jedem Möbelstück hatten die Vorbesitzer Flekken und Schrammen zurückgelassen.

Das Zimmer war dunkel, zum einen, weil die Wohnung nach Norden ging und kein Sonnenlicht in die Gekrümmte Gasse fiel; zum anderen war den Eltern der Gedanke zuwider, daß irgendein Mensch sich nur auf eine Kiste zu stellen brauchte, um vom

Gehweg aus in ihre Räume hineinzusehen. Die Gardinen waren aus blickdichtem Stoff gefertigt, und abends wurde, ehe man das Licht einschaltete, sorgfältig ein dicker Vorhang vor die Scheiben gezogen.

Vom Wohnzimmer aus erreichte man drei Räume: eine Tür führte in die Küche, eine andere ins Schlafzimmer der Eltern; hinter der dritten lag die winzige Abstellkammer, in der das Ungeheuer lebte.

Vater zog die Straßenschuhe aus, hängte seine Jacke an den Garderobenhaken und humpelte mit der schaukelnden Hüfte, die er von einem Arbeitsunfall zurückbehalten hatte, in die Küche, wobei er sein linkes Bein nachzog und ganz einem defekten Spielzeug ähnelte, in dessen Mechanik irgendeine Feder zerbrochen war.

Mama eilte ins Schlafzimmer, wo sie ihr Kleid auf einen Bügel hängte, um in einer blauen Kittelschürze zurückzukehren. Sie entnahm dem Kühlschrank einen Topf Linsensuppe, den sie auf den Herd stellte, und machte sich daran, die gekauften Lebensmittel einzuräumen, während Vater eine Flasche Bier öffnete und mit großer Geschwindigkeit trank.

»Deck' den Tisch«, flüsterte die Mutter mir zu.

Vater breitete die Zeitung auf der Küchenablage aus. In großen Lettern verkündete sie, daß man ein neues Opfer gefunden hatte.

Er studierte den Bericht und musterte die farbigen Bilder.

Sobald die Suppe kochte, drehte Mama das Gas ab und trug den Topf zum Eßtisch.

»Rolf«, sagte sie leise, als Vater sich nicht zu uns gesellte. »Rolf, alles steht bereit.«

Wir waren vorsichtig und rührten die Mahlzeit nicht an.

Er trank den Rest seines Biers, wobei er den Kopf in den Nacken warf und die Luftblasen in der Flasche glucksten.

Endlich faltete er die Zeitung zusammen, setzte sich zu uns und legte sie neben seinen Teller. Als er den Löffel in die Suppe tauchte, begannen wir zu essen.

Seit dem Brot am Morgen hatte ich nichts zu mir genommen. Aber ich aß langsam und anständig, zog die Flüssigkeit mit den Lippen geräuschlos aus der Löffelschale und verursachte auf dem Tischtuch nicht den kleinsten Fleck.

»Sibylle, gib gut acht«, riet Vater. »Seit heute hat Mama hier das Sagen. Sie entscheidet, welche Wurst ich esse. Und ob ich dir was Süßes mitbringen darf.«

»Ich habe dir keine Vorschriften gemacht«, erwiderte Mama gedämpft.

»Welches Bier ich trinke.«

»Du kannst jedes Bier trinken, das du willst«, flüsterte sie.

»Vielen Dank, daß du mir das gestattest.« Vater lächelte und nickte auf eine Weise, daß es aussah, als machte er einen Diener. »Vielen herzlichen Dank.«

»Ich hab' nur gesagt, daß wir knapp bei Kasse sind«, wisperte Mama.

Einen Monat war es her, daß er ihr während des Essens die Gabel in den Unterarm gestoßen hatte.

»Und du vergißt nie, mich daran zu erinnern, wer hier das Geld verdient«, lobte er und hielt den Löffel so fest, daß das Fleisch unter dem Nagel seines Zeigefingers weiß wurde.

Mama schwieg.

Sie neigte den Kopf über den Teller, der aufsteigende Wasserdampf befeuchtete ihr Gesicht.

Minuten vergingen. Die Luft war erfüllt von kleinen Geräuschen, von den Löffeln, die gegen die Teller klirrten, vom Öffnen und Schließen der Münder, dem Hinunterschlucken der Mahlzeit und dem Scharren des Ungeheuers. Vater hielt seinen Blick unablässig auf Mama gerichtet, während seine linke Hand auf der Zeitung ruhte. Zwischen den behaarten Fingern sah mit großen Augen eine strohblonde Frau hervor. Sophie Kaib, entzifferte ich. Neben ihrem Photo war ein kleiner goldener Anhänger in Gestalt eines Schmetterlings abgebildet.

Jeden Tag erschienen Berichte. Vater hatte ein Album angelegt, in dem er die Artikel sammelte, und sein Blick krümmte Mama, die sich tiefer und tiefer über den Teller beugte.

»Wie läuft's in der Schule?« fragte sie mit einemmal.

Ich zuckte zusammen.

»Gut«, sagte ich leise und spürte, wie der Löffel in meiner Hand zu zittern begann.

»Findest du? Nach der Fünf im letzten Diktat?«

Sie warf einen schnellen Blick zum Vater, ob dessen Augen noch immer auf ihr ruhten.

»Antworte deiner Mutter«, verlangte er.

»Ich geb' mir Mühe«, flüsterte ich.

Vater lächelte. »Mama scheint anderer Meinung zu sein.« Sie richtete sich wieder auf, sie holte Luft. »Aber es läßt sich feststellen, ob sie recht hat oder nicht.«

Er schlug die Zeitung auf, Sophie Kaib blickte ängstlich drein, und er las vor, daß Spaziergänger im Birkenwald ihren Leichnam gefunden hatten.

»*Leichnam*, buchstabier' das«, forderte er und verzehrte ein wenig Suppe.

Der Stiel seines Löffels fiel auf den Tellerrand.

Ich spürte ein Kitzeln in der Nase.

Man vermutete, daß das Verbrechen zu einer Reihe von Mordtaten gehörte, der bisher mindestens acht Frauen zum Opfer gefallen waren.

Die Zeitung raschelte.

»*Mordtat*«, wiederholte Vater langsam, und Blut tropfte auf die Linsen in meinem Teller.

»›Alle Frauen wurden erstochen in einer Waldgegend gefunden.‹ – *Erstochen*«, sagte Vater.

Mama hob ihren Teller auf der linken Seite an, so daß die restliche Suppe zusammenlief. Vater las weiter vor.

Der Täter habe verschiedene Gegenstände aus dem Besitz der Opfer an sich genommen, mutmaßlich als Trophäen, darunter Schmuck- und Kleidungsstücke. Wahrscheinlich bewahre er sie in seiner Wohnung auf.

»*Trophäe*, wie schreibt man das?«

Meine Wangen brannten. Die Tränen stürzten mir aus den Augen und machten mich blind. Sie füllten das Zimmer mit Wasser bis zur Decke hinauf.

Vater rieb seine Finger, die gleichfalls brennen mußten, legte die Zeitung zusammen und warf sie auf den Tisch. Seine Hand zuckte; gern hätte sie noch einmal zugeschlagen, aber er mußte zur Arbeit.

»Ich werde von heute an jeden Tag mit dir lernen«, versprach er. »Ich will dir helfen, bis du's kannst.«

Er verschlang den Rest des Essens, stand auf, schaukelte in den Flur, wo er Jacke und Straßenschuhe anzog, und machte sich auf den Weg. An zwei Nachmittagen die Woche übernahm er den Telephondienst in einer Fahrschule, wofür er zehn Mark die Stunde bekam.

»Iß auf«, sagte Mama. »Und laß die Flennerei.«

Ich verzehrte die braune Linsensuppe, die mit meinem Blut gesprenkelt war und nach Eisen schmeckte.

»Du trocknest ab! Aber wasch' dich vorher.«

Als das Geschirr erledigt war, nahm ich wieder am Eßtisch Platz. Mein Kopf schmerzte, doch ich erledigte meine Hausaufgaben und malte jeden Buchstaben gewissenhaft, um Vater meinen guten Willen zu beweisen, falls er nach seiner Rückkehr mein Heft sehen wollte. Das Ungeheuer schmatzte in der Kammer. Vater hatte die Tür mit einem Schloß gesichert, damit das Furchtbare nicht herauskommen könne. Den Schlüssel verwahrte er in seiner Hosentasche.

Der Fernseher wurde eingeschaltet, Mama setzte sich aufs Sofa.

Es wurde dunkel.

Vater ließ auf sich warten. Oft besuchte er nach der Arbeit eine Kneipe und kam erst sehr spät nach Hause; und es klingelte an der Wohnungstür.

»Schau', wer's ist«, flüsterte Mama, die gleich den Ton des Fernsehers abgedreht hatte. Längst war der dicke Vorhang zugezogen. »Wenn es ein Hausierer ist, sag', ich bin nicht da.«

Ich öffnete, sie blieb im Wohnzimmer und horchte.

Draußen standen zwei Herren.

»Ist deine Mutter daheim?« fragten sie.

Ich wandte mich um und rief: »Es ist die Polizei!«

Mama kam zur Tür, in ihrer Kittelschürze aus blauem Polyester.

Die Uniformierten baten darum, eintreten zu dürfen, und sie ließ sie in unser Heim, mit seinen vergilbten und fleckigen und blutbespritzten Tapeten, seinen zerschrammten Türen und seinen Bodenbelägen aus altem Linoleum.

»Sie sollten Ihre Tochter aus dem Zimmer schikken«, rieten die Polizisten.

Aber Mama begriff nicht, worum es ging; sie schüttelte den Kopf; und man offenbarte uns, daß mein Vater bei einem Autounfall am Birkenwald ums Leben gekommen war.

Als sie dies hörte, verschwand jede Farbe aus Mamas Gesicht. Wie gelähmt verharrte sie, während die Beamten mit ihr sprachen. Der Fernseher zeigte ein Liebespaar, das sich lautlos und innig küßte.

»Es muß jemand anderes sein!« sagte sie plötzlich und schien für einen irrsinnigen Moment tatsächlich zu glauben, daß es sich um eine Verwechslung handle. »Was um Himmels Willen hätte mein Mann am Birkenwald zu suchen gehabt?«

»Sie sollten jetzt nicht allein bleiben«, raunten die Uniformierten. »Wollen Sie jemanden anrufen, der Ihnen Gesellschaft leisten kann?«

Doch es gab niemanden, den sie hätte anrufen können.

Die Polizisten ließen eine Visitenkarte zurück und verabschiedeten sich.

Das Ungeheuer klopfte gegen seine Kammertür. Es wollte heraus, um uns beide zu verschlingen.

»Auf Wiedersehen«, flüsterte Mama.

———

DAS WARTEZIMMER

»Schreiben Sie bitte Ihren Namen auf diesen Zettel, Madame.«

Dominique Créneau ergriff den Kugelschreiber, der mit einem Stück Zwirn an der Theke befestigt war, notierte, wie sie hieß, in großen, deutlich lesbaren Buchstaben und reichte das Papier zurück.

»Sehr schön«, lobte die Dame auf der anderen Seite der Theke, nachdem sie einen flüchtigen Blick auf den Zettel geworfen und ihn auf einen Nagel gespießt hatte, der von unten her ihren Tisch durchbohrte.

Sie war vielleicht vierzig Jahre alt, hatte blondierte Locken und einen verkniffenen Mund, der sich gleich einem schiefen Strich durch ihr dickliches Gesicht zog. Sie roch nach Zigaretten und der Wurstsemmel, die, halb aufgegessen, vor ihr lag. Madame Créneau entging nicht, daß sie zwischen ihren Sätzen kaute und schluckte. Neben dem Tellerchen mit der Semmel stand ein gefüllter Aschenbecher, dessen grauer Staub sich über den ganzen Tisch verteilt hatte.

»Wollen Sie Ihrer Aussage noch etwas hinzufügen?« fragte die Angestellte. »Sind Ihnen vielleicht weitere Details eingefallen, die Sie uns mitteilen möchten?«

Madame Créneau schüttelte den Kopf.

»Überlegen Sie sich's.«

»Ich habe jede Einzelheit zu Protokoll gegeben«, versicherte Madame.

Die Blondine strich sich ein paar Krümel von der Brust.

»Wie Sie meinen. Die Bearbeitung braucht natürlich etwas Zeit. Nehmen Sie solange im Wartezimmer Platz.«

Madame Créneau wandte sich in die Richtung, in die der rot lackierte Fingernagel deutete, und erblickte ein schmales Türchen, in das eine Glasscheibe eingesetzt war.

Schon von außen ließ sich erkennen, daß der Raum keine anderen Fenster besaß und überdies sehr eng war. Eine nackte Glühbirne baumelte von der Decke. Durch die Scheibe war ein aufgedunsener und unrasierter Mann zu sehen, dessen Gesicht von einem Netz violetter Blutgefäße überzogen war. Indem Madame Créneau sich der Tür näherte und die Hand auf die Klinke legte, hielt er seinen Blick starr auf sie gerichtet und öffnete seinen großen Mund wie ein Fisch.

Madame Créneau trat ein.

»Guten Tag«, sagte sie und schaute sich nach einem Sitzplatz um.

Das Geviert war mit gelber Ölfarbe gestrichen. Sie war weitgehend abgeplatzt, und Schmutz haftete an den Wänden. Mit Schaudern bemerkte Madame

Créneau, daß über dem einzigen freien Stuhl ein rotbrauner Fleck zu sehen war, an dem mehrere lange Haare klebten. Die Decke war niedrig, von Rissen durchzogen, und in den Zwickeln hingen Spinnweben wie graue Tücher.

»Pardon«, flüsterte Madame und setzte sich zwischen eine junge Frau und den Fischmenschen, von dem tatsächlich ein starker Jodgeruch ausging. Unwillkürlich dachte sie daran, daß sie noch gestern Abend an der Bretagneküste im Urlaub gewesen war.

»Wer ist der letzte?« fragte sie und blickte in die Runde.

»Es geht nicht der Reihe nach«, erwiderte die junge Frau neben ihr.

Sie war schlank und hatte ein auffallend hübsches Gesicht, dessen größtes Schmuckstück der rot geschminkte, glänzende Mund darstellte. Er hatte einen Zug, in dem sich Wollust und Kindlichkeit verbanden. Sie trug einen Minirock, und ein schwarzer Büstenhalter schimmerte durch den dünnen Stoff ihrer Bluse.

»Ich sitze hier seit Stunden«, sagte sie. »Inzwischen hat man vier Leute abgefertigt, die alle nach mir gekommen sind.«

Die übrigen nickten.

»Ich bin bereits heute morgen eingetroffen«, verriet ein Herr mit schmalem Gesicht und freundlichen Augen. Sein Scheitel war mit dem Lineal gezogen. »Offenbar bin ich ein besonders schwerer Fall.«

Er lächelte und zwinkerte mit beiden Augen.

»Gibt es bei Ihnen denn irgendwelche Unklarheiten?« erkundigte sich der schöne Mund. »Unklarheiten dürften die Sache in die Länge ziehen.«

»Ich glaube nicht«, erwiderte Madame Créneau. »Ein Fall von ehelicher Gewalt, wie er oft genug vorkommt. Ich habe meinen Mann angezeigt und gegen ihn ausgesagt, das ist alles. Worum geht es bei Ihnen?«

Die Beine der jungen Frau steckten in hochhackigen Stiefeln. Mit den Absätzen scharrte sie am Boden, der von gestampfter Erde war und nach Keller roch.

»Jemand verlangte sein Geld zurück, und als ich mich weigerte, schlug er zu. Ich habe alles haarklein zu Protokoll gegeben.«

»Wahrscheinlich braucht es deshalb so lange«, sagte eine Mutter, die ihren Säugling auf dem Arm hielt. »Sie haben denen viel Arbeit gemacht.«

»Der Kerl soll nicht ungestraft davonkommen«, antwortete der schöne Mund, und der Fischmensch nickte beifällig. Sein Gesicht war dermaßen aufgetrieben, daß alle individuellen Züge versunken waren. In den tiefen Runzeln seiner Hände war ein grünlicher Schmutz zu sehen. Madame Créneau entdeckte, daß er keine Fingernägel besaß.

»Aus dem gleichen Grund habe auch ich jede Einzelheit erzählt«, berichtete sie. »Aber ich glaube, sie wußten schon Bescheid. Mein Mann ist offenbar verrückt geworden.«

»Wenn das so ist, werden Sie bestimmt bald fertig sein«, glaubte die Mutter. Sie hatte ihren linken Busen entblößt, um ihr Kind zu säugen. Er war durch die eingeschossene Milch so dick geworden, daß die Adern prall hervorstanden. Wie das Euter einer Kuh, dachte Madame Créneau.

Der Fisch beobachtete das Geschehen, er schnaufte tief, und Madame trat das bretonische Restaurant vor Augen, das sie und ihr Gatte täglich besucht hatten.

»Wir nehmen den Weißling«, entschied sie; doch als das köstliche Tier zubereitet und garniert vor ihr auf dem Teller lag und sie mit klaren, kreisrunden Augen betrachtete, war ihr der Leichnam zuwider, um so mehr als eine leuchtende Blutspur zu sehen war, die aus der Augenhöhle zum Fischmaul lief.

Sie wollte etwas anderes bestellen. Ihr Mann nannte sie eine Verschwenderin.

»Was geht's dich an?« fragte sie. »Es ist noch immer mein eigenes Geld, das ich zum Fenster rauswerfe, und du selbst bleibst meine größte Fehlinvestition.«

Das hätte ich nicht sagen sollen, dachte Madame Créneau, während sie vergeblich ihre Handtasche durchsuchte.

»Hat jemand eine Zigarette?« fragte sie.

»Ich«, antwortete die junge Frau. »Aber sie sind ziemlich stark.«

»Um so besser«, meinte Madame. »Mein Schatz, hol' mir Zigaretten. Verdien' dir dein Essen. Für irgendwas mußt du gut sein.«

Ihr Mann erhob sich mit einem Fluch und ging zum Automaten, der rechts neben der Toilettentür stand.

Es war eine Dummheit und ein Vergnügen, ihn zu reizen. Madame lächelte. Sie schob den Fisch von sich und winkte dem Kellner.

»Ich glaube, es macht keinen Unterschied, ob man viel oder wenig erzählt«, bemerkte der Seitenscheitel. »Ich zum Beispiel habe kaum etwas zu Protokoll gegeben und nichts verraten, was nicht längst bekannt gewesen wäre.«

»Sie haben also bewußt etwas verschwiegen?« fragte der schöne Mund überrascht. »Hat man Ihnen nichts angetan?«

»Doch, gewiß. Aber meine Freundin, wie soll ich sagen ... Ich bin ihr nicht böse. Der Zorn hat sie gepackt, wissen Sie? Es war meine eigene Schuld. Das hab' ich übrigens auch zu Protokoll gegeben. Daß es meine eigene Schuld gewesen ist.«

»Wie edel«, spottete die junge Frau. »Aber ich ziehe es vor, daß man Verbrecher zur Rechenschaft zieht.«

»Ich ebenfalls«, pflichtete die Mutter bei. »Mein Sohn und ich haben einen Unfall gehabt. Der andere Fahrer ist auf und davon und hat uns unserem

Schicksal überlassen. Wer weiß, vielleicht wären wir gerettet worden, wenn er einen Krankenwagen gerufen hätte. Ich werde jedenfalls alles tun, daß man ihn verurteilt.«

Der Fisch spähte durch das Türglas und öffnete den Mund.

»Ich habe sie erst heute morgen gefangen«, versicherte der dicke Kellner und stellte zwei Teller mit gedünstetem Weißling auf den Tisch.

»Sie sind auch Fischer?« fragte Monsieur Créneau höflich.

»Es ist mehr eine Liebhaberei. Ich fange nur, was das Restaurant benötigt. Guten Appetit.«

Der Kellner entfernte sich. Madame Créneau betrachtete ihren Teller, verzog das Gesicht, und die Tür des Wartezimmers wurde aufgerissen.

Ein kleiner Mann in Uniform trat herein. Er hatte ein Klemmbrett in der Hand, und die Schirmmütze verschattete sein Gesicht.

»Monsieur Duflot.«

»Hier! Ich bin Duflot!«

Bereits bei der Nennung seines Namens war der feiste Mensch aufgesprungen.

»Kommen Sie mit«, befahl der Uniformierte und ging voran.

»Ich gratuliere«, sagte die junge Frau mit einem Seufzen.

Die Tür schloß sich hinter den beiden Männern. Madame Créneau beugte sich ein wenig zur Seite und verfolgte, wie der Fischmensch in ein anderes Zimmer geführt wurde.

»Immerhin, es geht voran«, tröstete sich die Mutter.

Ihr Säugling hatte sich gesättigt und war in Schlaf gefallen. Sie stülpte das Körbchen ihres Büstenhalters über die Brust und schloß ihre Bluse, indem sie mit einer Hand Knöpfchen um Knöpfchen ins Loch schob.

»Mein Mann«, sagte Madame Créneau, »hat mir die Gurgel zugedrückt. Und das Gesicht, das er dabei gemacht hat! Es war ekelhaft! Diese Wut! Und ich habe ihm nie etwas getan, nur seine Rechnungen bezahlt.« Sie spielte mit der kurzen Korallenkette, die sich um ihren Hals schlang. »Ich will, daß er verurteilt wird. Mit der ganzen Härte des Gesetzes.«

»Ist etwas mit dem Essen nicht in Ordnung?«

»Durchaus nicht«, versicherte Madame Créneau. »Ich fürchte nur, ich habe es mir anders überlegt. Ich nehme doch das Steak, dazu Bratkartoffeln und grünen Salat. Natürlich bezahle ich für beide Gerichte.«

Der Kellner notierte die Bestellung und nahm den Fisch mit sich, dessen blutendes Auge starr auf Madame Créneau gerichtet blieb, bis der Mensch in der Küche verschwand.

Wiederum öffnete sich die Tür des Wartezimmers. Ein alter Mann in Lackschuhen und schwarzem Anzug schlurfte herein. Er roch nach welken Blumen und schaute sich um, indem er seinen ganzen Körper drehte. Schließlich setzte er sich mühsam auf den freigewordenen Stuhl.

»Bitte, wer ist der letzte?« fragte er.

»Es geht nicht der Reihe nach«, erwiderte die junge Frau, und Madame Créneau lachte ihrem Gatten ins Gesicht.

Seit drei Wochen waren sie am Meer, und jeden Mittag aßen sie im selben Restaurant.

»Wo ist Pierre?« fragte Madame Créneau.

Vor vier Tagen hatte sie ihn zum letzten Mal gesehen, der Besitzer servierte selbst, und in der Eingangstür hing ein Schild, daß man einen Kellner suche.

»Er kommt nicht mehr«, antwortete der Wirt und stellte je einen gefüllten Teller vor Monsieur und Madame Créneau auf den Tisch.

»Ich hoffe, es ist kein Unglück geschehen?« forschte Madame.

Der Wirt, der ebenso geschwätzig war wie alle Vertreter seines Berufs, beugte sich vertraulich herab.

»Sie haben seinen Bruder verhaftet«, flüsterte er.

»Verhaftet? Weshalb?« raunte Madame.

»Er ist mit Pierre rausgefahren und allein zurückgekommen. Die Polizei hat ihn verhört. Inzwischen hat er gestanden.«

»Das ist ja entsetzlich!« sagte Monsieur Créneau.

»Weiß man, worum es ging?« erkundigte sich seine Frau mit gedämpfter Stimme.

Sie warf ihre Zigarette auf den Boden und trat sie aus.

»Seit Stunden sitze ich hier«, beschwerte sich der schöne Mund. »Fünf Leute hat man abgefertigt, die alle nach mir gekommen sind.«

»Wenn man wenigstens was zu lesen hätte«, klagte die Mutter und streichelte den Kopf ihres Säuglings.

»Sie könnten einem zumindest eine ungefähre Vorstellung geben, wie lange man warten muß. Das ist nicht zuviel verlangt«, fand Madame Créneau.

»Gerüchte sagen, es habe Meinungsverschiedenheiten wegen des Erbes gegeben. Der Vater liegt im Sterben.«

»Ségolène und Laurent Bout.«

»Hier!« rief die Mutter und erhob sich, das Kind auf dem Arm. »Leben Sie wohl. Ich hoffe, Sie sind bald an der Reihe, Mademoiselle. Auf Wiedersehen, Madame. Messieurs.«

»Ich gratuliere«, sagte der schöne Mund.

Die Tür fiel hinter ihnen zu. Madame Créneau spähte durch die Scheibe: Das toupierte Lockenhaar der falschen Blondine überragte die Theke, hinter der Zigarettenrauch in die Höhe stieg.

»Wie wäre es mit gegrilltem Kaninchen? Das Fleisch dieser sehr potenten Tiere wird dir guttun«, höhnte Madame Créneau, und ihr Mann warf ihr einen haßerfüllten Blick zu, der sie amüsierte.

Mehr aus Trotz und gegen den Widerstand ihrer Eltern hatte sie die Heirat mit ihm durchgesetzt, nur um seine Unzulänglichkeit um so schmerzlicher zu entdecken, als die Verliebtheit verflogen war. Täglich mußte er daran erinnert werden, sich die Nägel zu reinigen und ein frisches Hemd anzuziehen.

Sie wühlte in ihrer Handtasche, nahm ihren Schminkspiegel heraus und zog sich die Lippen nach.

Sie fand, daß ihr Gesicht geschwollen sei und eine dunklere Farbe angenommen habe. Das Augenweiß war mit kirschroten Punkten gesprenkelt.

Die Hitze setzt mir zu, dachte Madame Créneau.

———

DER DIAMANT

Frau Wormser habe ich letzten Sommer kennengelernt. Ich hatte, obwohl der Monat bereits zu Ende war, noch etwas Geld übrig und setzte mich ins Gartenrestaurant in der Schmeidlerstraße. Ich aß einen Becher Eis. Frau Wormser hatte am Nebentisch Platz genommen.

In ihren Ohrläppchen steckte eine Perle und ein Ehering an ihrer Hand. Am Zeigefinger trug sie einen Rubin. Ich fragte mich, wie viele Monatsgehälter ein Mann meines Einkommens wohl ausgeben müßte, um solchen Schmuck zu kaufen. Wenn man wenig Geld hat und einen Haufen Schulden, fängt man an, sich dergleichen zu fragen. Warum können andere prassen und sich jeden Luxus leisten und ein schönes Leben, während man selbst, der man doch auch nur ein einziges Leben hat, so ein Dasein führt?

Die Bürgschaft für meinen Vater hatte ich unterschrieben, weil es unmöglich gewesen war, ihm etwas abzuschlagen. Wenn er glaubte, man beleidige ihn, schrie er wie ein Tier und schlug mit den Fäusten zu. Davor fürchtete ich mich.

Er habe eine Stelle in Aussicht, und mit dem ewigen Trinken sei Schluß. Dabei wußte er genau, wie es um ihn stand, und daß ich auf der Bürgschaft sitzenbleiben würde. Er hatte nur noch kurze Zeit zu leben, und die wollte er genießen. Ständig ging er ins Bordell, bis es mit ihm zu Ende war.

Frau Wormser sah mir zu, wie ich mein Eis löffelte, und ich versuchte, in dem dunklen Anzug, der gar nicht mir, sondern Herrn Goldbruck gehörte, liebenswert auszusehen, indem ich die Schultern nicht hängen ließ und die Ellbogen vom Tisch nahm.

»Verzeihen Sie bitte«, sagte sie und deutete auf eine Zeitung, die irgendwer auf meinem Tisch zurückgelassen hatte, »verzeihen Sie, ist die von heute?«

Ich warf einen raschen Blick auf das Datum und nickte schüchtern.

»Steht denn etwas Neues über Herrn Biehl darin?« fragte sie.

Bestimmt erinnern Sie sich: das Ehedrama. Der eifersüchtige Mann, der seine Frau umgebracht und in kleinste Stücke zerschnitten hat.

»Ich hab' noch gar nicht reingeschaut«, antwortete ich, als ob es meine Zeitung wär', und reichte Frau Wormser das Blatt. Für Zeitungen habe ich kein Geld. Von der Geschichte mit Biehl wußte ich nur, weil alle Welt darüber sprach.

»Vielen Dank«, sagte Frau Wormser, nahm die Zeitung und blätterte sie auf.

Über den Mord war aber nichts darin zu finden, nur eine winzige Notiz entdeckte sie. Man hatte den Täter ins Irrenhaus gesteckt.

Frau Wormser begann, mit mir zu plaudern, zuerst über das Verbrechen, dann über verschiedenes andere; schließlich lud sie mich ein, an ihrem Tisch Platz zu nehmen.

Sie war jung, noch in den Zwanzigern, aber ihr Mann hatte sich schon zur Ruhe gesetzt. Ich erzählte nur wenig über mich, und als sich Frau Wormser nach meinem Beruf erkundigte, behauptete ich, für einen Wohnungsmakler zu arbeiten. Die Menschen erschrecken, wenn ich meinen Beruf beim Namen nenne. Sie werden abergläubig und haben Angst, noch am selben Tag meiner Dienste zu bedürfen. Zudem hatten Frau Wormsers Lippen einen bläulichen Stich, und einmal mußte sie eine Tablette einnehmen.

Als ich in mein Zimmer zurückkehrte, war es noch früh am Abend, aber ich war erschöpft. Es ist anstrengend, sich mit jemandem zu unterhalten, der … wie soll ich sagen? … der eine andere Art Mensch ist. Mit jedem Wort fürchtet man, sich zu verraten. Man hat Angst, etwas Dummes zu sagen. Das Lächeln wird steif, und das eigene Leben starrt einem aus den Augen. Mein Vater hat den ganzen Tag im Unterhemd am Fenster gestanden und Bier getrunken. Wenn er besoffen war, wurde er ausfällig. Dann brüllte er auf die Straße hinab und beschimpfte jeden, der am Haus vorüberging.

Ich legte mich ins Bett, deckte mich zu, schloß die Augen und dachte an die Löcher in Frau Wormsers Ohrläppchen und an die schimmernden Perlen, die in diesen winzigen Verletzungen ihres Fleisches befestigt waren. Wir hatten uns für nächsten Samstag wiederum im Gartenrestaurant verabredet. Sie wird nicht kommen, glaubte ich.

Aber am vereinbarten Tag saß ich pünktlich um vier Uhr im Lokal und hatte am selben Tisch Platz genommen, an dem ich eine Woche zuvor gesessen hatte. Es war sehr heiß, und ich schwitzte in meinem geliehenen Anzug. Endlich erschien sie, und wir unterhielten uns miteinander. Ihr Mann sei bedeutend älter als sie selbst, er könnte der Vater ihres Vaters sein. Sie habe ihn mit achtzehn Jahren geheiratet.

Frau Wormser merkte bald, daß es nicht meine Gewohnheit war auszugehen, und steckte mir Geldscheine zu, so daß ich unsere Rechnung begleichen konnte.

Schließlich trafen wir uns allein. Ich meine: Nicht im Gartenrestaurant, nicht unter den Blicken anderer Menschen, sondern in einem Hotel. Ihr Mann sei ein Greis, er zähle schon an die achtzig Jahre. Das Alter habe ihn abscheulich und aufdringlich und verrückt gemacht. Während seiner Umarmungen werde ihr oft übel, sie rieche sein Gebiß. Sein Leib und seine vergeblichen Bemühungen waren ihr ekelhaft.

So ging es lange Zeit.

Eines Tags kam sie auf die Idee, mich nach Hause einzuladen und ihrem Mann als lieben Verwandten vorzustellen. Ich begriff nicht, was ihr daran lag. Schließlich aber willigte ich ein, obwohl ich Angst hatte, ihm zu begegnen. Er wird mir die Wahrheit von den Augen ablesen, fürchtete ich.

Seine Villa war über und über geschmückt mit altem Silber, Vasen und Gemälden, so daß ich, wie in einer Glaswarenhandlung, kaum wagte, mich zu bewegen, und die Arme ängstlich am Körper hielt. Frau Wormser hatte mir offenbart, daß der Reichtum ihres Mannes aus heiklen Geschäften stammte. Zudem hatte er Geld gegen Prozente verliehen, wodurch auch die Ehe zustandegekommen war, denn die Brauteltern hatten sich bei ihm bis zum Erstikken verschuldet, und es war die einzige Möglichkeit gewesen, dem Ruin zu entgehen.

Trotz der hartnäckigen Versuche des Greises, einen Erben in die Welt zu setzen, war die Verbindung kinderlos geblieben. Ein kleines Mädchen, das ich im Haus antraf, war die Tochter eines Gastwirts, dessen Lokal nicht weit entfernt in derselben Straße lag. Jeden Mittag und jeden Abend brachte das Mädchen warmes Essen. Während der Mahlzeit wartete sie, ganz Augen und Stille, um hernach das schmutzige Geschirr auf einem Wägelchen ins Gasthaus zurückzuschieben.

Herr Wormser reichte seiner Gattin bis zur Schulter, bis hierhin. Eine hübsche, zierliche, junge Frau und ein in sich zusammengesunkener Greis, der ihr mit schlaffem Mund die Lippen küßt. Es schüttelt einen, wenn man daran denkt, und an seiner Hemdbrust trug er einen Diamanten, der im Kerzenlicht so auffällig funkelte, daß ich kaum den Blick davon lassen konnte. Es quälte mich, ein derart teures Stück am Leib eines hinfälligen Menschen zu sehen, dessen Glieder bei bestimmten Bewegungen vernehmlich in ihren Gelenken knackten.

Zudem war er äußerst mager. Seine Kleider hingen ihm faltig am Leib, weil kein Schneider für die gekrümmten Formen seines Körpers zu arbeiten verstand. Eine Perücke verbarg das schüttere Haar, und um den stickigen Geruch des Alters zu überdecken, hatte er seine Kleidung mit Duftwasser bespritzt. Es bereitete ihm Mühe, Messer und Gabel zu gebrauchen, so daß er schließlich das Mädchen mit einer schwachen Bewegung aufforderte, seine Bratenscheibe vor unseren Augen in mundgerechte Portionen zu zerstückeln. Dabei nickte er in einem fort, als erteilte er jedem Schnitt seine Zustimmung.

»Meine Frau hat mir viel von Ihnen erzählt«, sagte der Alte, während er in einer nachdrücklichen, kindlichen Weise seine Gabel in ein viereckiges Fleischstück stach. »Ich habe aber vergessen, was für einen Beruf Sie haben.«

»Er verkauft Wohnungen«, rief seine Frau. »Und er organisiert Umzüge.«

Sie sprach laut, obwohl der Greis gut zu hören schien.

»So, so. Wohnungen«, meinte er. »Bestimmt sanieren Sie alte Häuser und verkaufen sie profitabel. Habe ich recht?«

Seiner Frau hatte ich längst gestanden, womit ich mein Geld verdiente, und ich nannte ihm meinen

Beruf. Als er den Witz mit den Wohnungen und den Umzügen begriff, gackerte er wie ein Huhn.

Herr Wormser war neugierig. Er stellte viele Fragen, Einzelheiten ließ er sich ausführlich erläutern, und es amüsierte seine Frau, daß dergleichen vor ihrem Gatten ausgebreitet wurde, der schon ein wenig nach Verwesung roch.

Unterdessen zeigte er sich sehr eßlustig, und meine Auskünfte verdarben ihm nicht den Appetit. Dreimal ließ er sich weitere Bratenscheiben auf den Teller legen und das schöne Fleisch vom Mädchen zerschneiden; das Besteck erzeugte ein knirschendes Geräusch. Er verschlang sein Essen gierig und ohne eine Spur von Sättigung zu zeigen, was die Folge eines Schlaganfalls war, den er vor einem Jahr erlitten hatte.

»Ich nehme an«, sagte er sanft, »daß Ihr Beruf einen jungen Menschen, wie Sie es sind, schwer belastet.«

Ich antwortete, daß ich anfangs Träume gehabt und mich vor Insekten gefürchtet hätte.

»Die niederen Lebensformen sind Gottes wahre Lieblinge«, stellte der Alte fest. »Jeder Mensch, der geboren wird, ist nur eine Leckerei auf dem Tisch, den der Allmächtige für sie deckt.«

Er schob ein Stück Fleisch in seinen Mund.

»Glauben Sie an die Existenz der Seele?« fragte er. »Angesichts all der hungrigen niederen Lebensformen auf dieser Welt?«

Ich zögerte. »Darüber habe ich mir nie Gedanken gemacht«, meinte ich. »Freilich spricht die Kirche davon.«

»Und die Kirche verkündet Gottes Wort. Das behauptet sie wenigstens.«

Der Alte lächelte, das Bratenfett glänzte auf seinen Lippen.

»Ich habe mich oft gefragt, in welchem Körperwinkel die Seele wohl verborgen ist. Die meisten Leute sind überzeugt, daß sie im Kopf sitzt«, bemerkte der Greis. »Ein naheliegender Gedanke, nicht wahr? Wenn man einem Menschen Arme und Beine abschneidet, werden Kopf und Rumpf Anspruch auf seinen Namen erheben, und wenn es gelänge, einen bloßen Kopf am Leben zu erhalten, so täte er ohne Zweifel das gleiche. Wenn aber der Rumpf und die Glieder über einen Mund verfügten, vielleicht käme es dann zum Streit. Zieht nicht der Kopf seinen Lebenssaft aus dem übrigen Leib? Womöglich ist die Seele hinter dem Nabel, unter den Kniescheiben oder in einer der Fingerspitzen zu finden.«

»Ich weiß nicht«, sagte ich verlegen und schielte hilfesuchend zu seiner Frau, die sich heimlich an die Stirn tippte.

»Andererseits«, meinte Wormser, »verliert man leicht ein, zwei Körperglieder, besonders in Kriegszeiten. Wenn die Seele im abgetrennten Leibesstück ihren Wohnsitz hätte, wäre das verhängnisvoll. Sie haben allerhand Verstümmelungen gesehen, nicht wahr?« mutmaßte er.

»Auch daran hatte ich mich zu gewöhnen.«

»Nicht zuletzt wegen Menschen wie Herrn Biehl, der seine Frau zerstückelt hat«, glaubte der Alte. »Doch man hört, daß sie beim Sägen und Zerteilen schon tot gewesen ist. Also hatte sich ihre Seele längst in den Himmel aufgemacht.«

»Frau Biehl ist nicht von uns bestattet worden«, erwiderte ich. »Aber natürlich sieht man viel Schlimmes in meinem Beruf. Es braucht Zeit, sich damit abzufinden.«

»Weil der Mensch hochmütig ist«, erklärte Wormser. »Kaum bildet er sich eine unsterbliche Seele ein, glaubt er auch, daß an seinem Körper etwas Heiliges sei. Doch der Leib zuckt zusammen, sooft man ihn mit einer Nadel sticht. Er kränkelt, stirbt und wird schließlich von Würmern gefressen. Was könnte daran heilig sein? Gemessen an der Ewigkeit des Todes sind Leib und Leben ein Nichts, weshalb ein Mord in Gottes Augen keine Sünde sein und nicht von ihm bestraft werden kann. Wie sollte er jemanden für nichts zur Rechenschaft ziehen? Wo bliebe da die göttliche Gerechtigkeit?«

Erneut ließ der Alte sein gackerndes Lachen hören, wobei er den Mund weit öffnete und uns das halb zerkaute Fleischstück zeigte, das sich darin befand.

Seine Frau schloß die Augen.

»Komm, mein Schatz«, wandte er sich zärtlich an das Mädchen, das einstweilen neben einem Glasschrank voll Silbergeschirr gewartet und keinen Mucks von sich gegeben hatte. »Komm, du mußt mir helfen. Ich hab' Hunger. Gib mir noch ein Stück.«

Sogleich eilte das Kind herbei, ergriff die Gabel, hob ihm eine weitere Bratenscheibe auf den Teller und schnitt sie mit dem Besteck des Alten längs und quer auseinander. Wormser tätschelte den Kopf des Mädchens und gab ihm einen Kuß.

Der Alte fragte noch dies und das: wie man Augen und Münder verschließe; ob Engelslust nur ein Mythos sei. Schließlich aber geriet er auf andere Themen, und der Abend ging mit harmlosen Gesprächen zu Ende.

Auf dem Heimweg war ich guter Stimmung, wegen des starken Weins und des Essens in meinem Bauch. Jeder Schritt war federleicht. Ich legte mich ins Bett, schlief ein und träumte vom Silbergeschirr in Wormsers Buffet, das die ganze Nacht hindurch vor meinen Augen schimmerte.

Am Morgen wurde ich von lautem Keifen geweckt: Alle Möbel waren zerschrammt; braune Flecken bedeckten den Teppich; in der Ecke stand ein rostiger Ofen, dessen Rohr über der Wand nach außen verlief; ein Fettgeruch saß in der Tapete. Die Eheleute, die mir den Raum vermietet hatten, stritten sich vor meiner Tür.

Wie hatte ich es nur jahrelang aushalten können? In diesem Loch!

Der Alte wird bald sterben, dachte ich. Frau Wormser und ich könnten heiraten. Sein Haus und alles, was darin ist, würde mein Eigentum. Mit einer einzigen Vase könnte ich die Schuld meines Vaters bezahlen.

Ist es Unrecht, daß ich davon träumte, plötzlich frei zu sein? Ein anderes Dasein zu führen?

Der Gedanke war wie ein Lied, das einem im Ohr hängenbleibt. Selbst während der Stunden, die ich mit Frau Wormser im Hotel verbrachte, lauschte ich seiner Musik. Ja, bis zum Tod des Alten hatte meine Zukünftige mit ihm zu schlafen und seine Liebkosungen über sich ergehen zu lassen. »Aber eines Morgens liegt er tot in seinem Bett«, tröstete ich und küßte Frau Wormsers Mund.

Nach der Hochzeit werde ich kündigen. Goldbruck wird mir ein höheres Gehalt bieten. Gute Kräfte sind schwer zu bekommen, die Arbeit ist nicht jedermanns Sache. Er bittet mich, wenigstens noch ein halbes Jahr zu bleiben, bis er Ersatz gefunden habe. Aber ich lache über sein bißchen Geld und gehe durch die Vordertür hinaus, um niemals zurückzukehren.

Im Büro klingelte das Telephon, es war ein Montag. Man rief mich an den Hörer. Jemand schluchzte in den Apparat. Endlich erkannte ich die Stimme des Alten. Er sagte mir, daß seine Frau gestorben sei.

Das Gefühl des nahen Triumphs hatte mein Leben versüßt. Während der Arbeit hatte ich jeden Tag von meinem Reichtum geträumt, mir die Zukunft ausgemalt und meine widerliche Tätigkeit nurmehr als vorübergehende Qual betrachtet.

Es wurde schwarz in mir.

Bis zum Tod wirst du dir für Goldbruck den Rükken krumm machen und abends in dein möbliertes Zimmerchen zurückkehren müssen.

Der Alte sprach in den schönsten Worten über seine Frau, die ein treuer Freund gewesen sei, und die Tränen stiegen mir in die Augen.

Schließlich bat er mich, die Verstorbene abzuholen. Bei mir, ihrem Cousin, wisse er sie in guten Händen.

Der Arzt hatte Herzversagen festgestellt, und ich war ohne Argwohn, zumal Frau Wormsers Lippen stets ein wenig blau gewesen waren.

Aber wenn man alle Einzelheiten bedenkt, jedes Wort in seiner ganzen Bedeutung ermißt, ist dann die Wahrheit nicht offensichtlich?

Der Alte nahm mich beiseite, und mit tonloser Stimme erzählte er mir, er habe seiner Frau ein letztes Geschenk gemacht. Er habe ihr seinen Diamanten unter die Zunge gelegt. Ich solle darauf achten, daß er nicht gestohlen werde.

Frau Wormser lag im Bett, die Decke war zurückgeschlagen und der Leichnam in ein seidenes Negligé gehüllt, dessen Rubinrot sich zu den Totenflecken gesellte. Auch hatte die Leiche schon Flüssigkeit an das Bettzeug abgegeben, das Gesicht war eingesunken, die Nase spitzer geworden, und der bleiche Mund hatte sich einen Spalt geöffnet, durch den die porzellanweißen Zähne hervorglänzten. Ich schöpfte eine letzte Hoffnung.

Es sei besser, den Kiefer zusammenzubinden, raunte ich und zog ein Stoffband aus meiner Hosentasche, weil sonst der Stein aus dem Mund herausfallen könne. Und mit einer Handbewegung verscheuchte ich die Fliegen, die schon begonnen hatten, in Frau Wormsers Augen ihren Nachwuchs auszusäen.

Den Tag über ließ ich meine Arbeit nicht vorankommen, und am Abend, als der letzte meiner Kollegen nach Hause ging, blieb ich unter dem Vorwand, daß noch ein Verblichener herzurichten sei, in der Kammer.

Ich öffnete Frau Wormsers Mund, mit zwei Fingern faßte ich hinein; doch den Edelstein konnte ich nicht finden. Ich vermutete, der Diamant sei, wie eine Murmel, die eine Treppe hinabrollt, im Rachen der Leiche verschwunden. Mit einem scharfen Messer durchtrennte ich die Gurgel und erforschte den Hals. Doch auch hier war das Juwel nirgends zu sehen.

Es wird noch tiefer hinabgelangt sein, sagte ich mir und schlitzte den Bauch der Toten auf. Die faulen Körpersäfte flossen nach allen Richtungen heraus, und das Deckenlicht spiegelte sich auf den glucksenden Eingeweiden, so daß es aussah, als wäre der Leib mit Kostbarkeiten gefüllt. Aber wie sehr ich mich auch bemühte, ich konnte den Schmuck nicht entdecken.

Der Magen hatte sich schon stark zersetzt, und das Zimmer war, seit ich den ersten Schnitt getan hatte, von einem intensiven, süßlichen Gestank erfüllt, denn Frau Wormser war bereits in der Nacht zum Samstag gestorben und der Witwer hatte sie das ganze Wochenende über zu Hause aufbewahrt. Vielleicht, dachte ich, ist mein Kleinod durch die Löcher im Magensack gefallen.

Jeden Bestandteil der Leiche schnitt ich auf und steckte meine Hand hinein. Mit größter Sorgfalt entkleidete ich das Skelett. Nabel, Knie und Fingerspitzen untersuchte ich gewissenhaft.

Die Nacht verging. Der Morgen schielte durchs Milchglasfenster, aber immer noch war der Edelstein nicht in meinen Händen.

Da öffnete sich die Tür; und Herr Goldbruck trat ein. Er riß die Augen auf, so sehr und weit, daß ich darüber lachen mußte, von Kopf bis Fuß bespritzt und besudelt und in geronnenes Blut getaucht. Und den Raum bedeckte Frau Wormsers Leib, dessen Fleisch ich in kleinste Stücke zerschnitten hatte.

———

DÄMMERUNG

Vater hatte große, alptraumhafte Augen. Er saß auf einem Stuhl vor dem Fenster und blickte auf die Straße hinaus.

»… geheiligt werde Dein Name«, flüsterten die Schwestern auf dem Sofa, die hölzernen Perlen des Rosenkranzes glitten durch ihre zarten Finger.

Im Dorf war es still, bis auf das gelegentliche Brüllen des Viehs, die Sonne schwebte wie eine gelbe Lampe über dem Rand der Welt. Seit Tagen hatte sie die Felder erhitzt und die Häuser durchglüht.

Noch schien ihr Licht ins Zimmer, das mit plumpen Eichenmöbeln eingerichtet war. Über dem Sofa hing ein in Zinnober schwimmendes Bild, das fromme Bauern beim Angelusgebet zeigte, und über dem Fernseher ein Kruzifix, an dem ein vergilbter Gott befestigt war.

In der Ferne ratterten die Züge, die aus der Gegend flohen.

»Zu uns komme Dein Reich; Dein Wille geschehe …« wisperten die Mädchen.

Die Straße war leergefegt.

»Bald ist es soweit«, sagte Mama, die nicht wußte, wohin mit ihren Händen.

»… im Himmel also auch auf Erden!«

Die Sonne sank zischend und dampfend dem Horizont entgegen.

Auf der anderen Straßenseite wohnte Herr Fehrle, ein verwitweter Bauer, in einem schiefen Haus. Er war rothaarig, hatte ein kupferfarbenes Gesicht und funkelnde, schwarze Äuglein wie ein Tier. Wir kannten ihn seit langem, hatten ihn gegrüßt und einen Schwatz gehalten, sooft wir ihm begegnet waren. Nun stand er am Fenster, sah zu uns herüber und bleckte die Zähne.

»... vergib uns unsere Schuld«, murmelten die Schwestern.

Mama ging ruhelos im Zimmer umher, wobei sie den einen oder anderen Gegenstand faßte und zurechtrückte: mit dem Ärmel ihrer Bluse wischte sie den Staub von den Gläsern der gerahmten Familienbilder, sie stapelte die Zeitschriften auf dem Tisch und ordnete die Porzellanfigürchen auf dem Fernseher. Ihre Nägel waren lang und scharf.

»... auch wir vergeben unsern Schuldigern«, beteuerten die Schwestern.

Vater wimmerte leise. Hinter jedem Fenster stand ein Nachbar.

»Und führe uns nicht in Versuchung ...«

Es klopfte an der Haustür.

»Wir machen nicht auf«, sagten die Mädchen. Sie saßen auf der Vorderkante des Sofas, und in ihren Augen tanzte die Angst.

Ich witterte den Blutgeruch, er versüßte die Luft.

Die gelbe Lampe berührte den Horizont, schon begann ihr Licht zu flackern.

Es klopfte.

»Wir machen nicht auf«, sagten die Mädchen.

Die Klingel schrillte.

»Laß' mich rein, Lilli!« schrie eine Frau und trommelte mit der Faust mehrmals gegen die Tür.

Meinem Vater entschlüpfte ein Jaulen.

»Das ist Ilse«, rief Mama. »Ilse!«

Frau Ranz gehörte der Lebensmittelladen eine Straße weiter, sie war die beste Freundin meiner Mutter.

»Denk' nicht mal dran!« knurrten die Mädchen und zeigten ihre spitzen Zähne.

Die Klingel schrillte, die Faust hämmerte gegen die Tür, die Töchter schüttelten den Kopf. Der kupferne Nachbar hatte sein Fenster aufgesperrt und bellte heraus.

»Laß' mich rein, Lilli!« flehte Frau Ranz.

»Nein!« sagten die Schwestern.

Die Sonne fiel dröhnend hinter die Welt. In den Ställen ringsum jubelte das Vieh, aus allen Häusern stürzte man hervor. Der kupferne Nachbar kam mit gezücktem Beil über die Straße gerannt, mit weit geöffnetem Maul.

Dann verschwand das letzte, spinnwebfeine Licht.

———

FRÄULEIN KARUSS

Der Kartoffelbauer lenkte seinen Wagen in den Innenhof. Jede Woche erschien er und machte mit einer großen Glocke auf sich aufmerksam, die er minutenlang schellen ließ.

Er war fett und trug eine grobe, braune Hose, an der immer Erde haftete. Seinen Oberkörper bedeckte ein kurzärmeliger, gelbbrauner Pullover, der aber den runden Bauch nicht gänzlich zu bekleiden vermochte und über der Hose ringsum einen handbreiten Spalt blanker Haut sehen ließ. Das gelbe Haar hatte er nach hinten gekämmt, und die Zähne standen ihm schief und lückenhaft im Mund, was jedermann sehen konnte, sooft er gähnte. Er stellte sich neben die Pritsche und rief mit lauter, mißtönender Stimme seine Ware aus.

Vor drei Jahrzehnten hatte er sich bis zum Wahnsinn mit Alkohol vergiftet und im Rausch seine Familie umgebracht: Vater und Mutter, die Ehefrau und beide Kinder, deren Leichen er anschließend auf seinem Acker verscharrt hatte. Für diese Tat war er zu zwanzig Jahren Gefängnis verurteilt worden.

Es dauerte einige Minuten, bis die ersten Frauen ihre Wohnung verließen und mit Eimern und Körben versehen das Treppenhaus hinabstiegen.

Frau Krapp erschien als erste. Sie trug eine gelbe Kittelschürze, unter der ihre Beine kurz und dick hervorschauten. Die Füße steckten in alten Halbschuhen, und wenn sie schwatzte, verschränkte sie die Arme und legte sie auf ihrem Busen ab, als sei er ein prall gestopftes Kissen.

Der Bauer füllte ihren Eimer, nahm hierfür einige Münzen in Empfang und warf sie in eine Blechschachtel, die ihm als Kasse diente. Schon hatte sich vor seinem Lastwagen eine Schlange von Frauen gebildet, unter denen Fräulein Karuß als einzige keine Schürze trug, sondern eine weiße Bluse und einen sehr engen, langen Rock aus schwarzem Leder. Sie war fünfundzwanzig und hatte pechschwarzes Haar. Ihre Augen schauten durch eine strenge Brille.

Um den Schein zu wahren, arbeitete sie drei Tage die Woche als Sekretärin. Ihr Vater, ein ehemaliger Religionslehrer, der vom Lebenswandel seiner Tochter durch einen anonymen Brief erfahren hatte, war eines Tags unangemeldet in ihrer Wohnung erschienen, als sie eben dabei gewesen war, sich einem ihrer Gönner erkenntlich zu zeigen. Die Auseinandersetzung verlief jedoch anders, als ich erwartet hatte: Die schöne Katharina lachte ihren Vater aus. Sie war keineswegs erschrocken darüber, von ihm ertappt worden zu sein, und dachte nicht im Traum daran, einen Schlußstrich unter ihr bisheriges Leben zu ziehen, wie er forderte. Stattdessen küßte sie den ältlichen Bankier, der bei ihr lag, auf den

Mund. Ihr Vater stolperte das Treppenhaus hinab. Noch im Hof hörte er das Gelächter seines Kinds, dessen Grausamkeit mich faszinierte.

Ich sah, wie sich das Fleisch des Fräuleins unter dem Leder bewegte. Ihre Wohnung lag im fünften Stock, direkt über der meinen. Oft war ich wegen der Geräusche, die von dorther zu mir drangen, der Begierde und Verrücktheit anheimgefallen. Es vergnügte mich, mir die Grimasse auszumalen, zu der sich das Gesicht der jungen Frau entstellen mußte, wenn erst der schwarze Engel zu ihr trat und ihr mit einem dünnen Strick den Hals zuschnürte.

Der Bauer wandte seinen Blick nicht von ihr ab, und seine Augen folgten ihr, als sie ins Haus zurückkehrte. Nach einer Minute konnte ich die Schritte des Fräuleins auf der Treppe hören, wo die spitzen und glänzenden Schuhe ein herrliches Geräusch hervorriefen.

Das Gelächter Katharinas hatte ihren Vater getötet. Es hatte seine Erinnerungen aufgezehrt, bis nurmehr eine unbeschwerte Leere in seinem Kopf zurückgeblieben war. Kichernd rannte der Alte in seinem Haus umher. Zwar bemerkte er, daß eine Veränderung eingetreten war, aber er besaß nicht mehr die Wörter, sie zu begreifen. Mehrmals täglich zog er Straßenkleidung an und verließ das Gebäude; doch der Fleischer verstand nicht, was er wollte, wenn er in sein Geschäft kam, um Dinge zu sagen, die keinerlei Sinn ergaben, und Wörter zu gebrauchen, die nicht existierten. Der Bäcker kratzte sich am Kopf und gab ihm irgendein Brot, auf dessen Bezahlung er verzichtete; denn als der Greis ihm seine Börse entgegenhielt, fand er darin kein Geld, jedoch viele Dinge, die mit Münzen eine gewisse Ähnlichkeit besitzen, wie Unterlegscheiben und Schlüsselringe und runde Plättchen aus Silberpapier, die der Alte ausgeschnitten hatte. Der Getränkehändler aber, der ein giftiger Mensch war, schob ihn gleich zur Tür hinaus, und der Greis ging fröhlich davon.

Bald darauf, das Sterben machte die raschesten Fortschritte, sah man ihn ein letztes Mal sein Haus verlassen, denn eine rätselhafte Abenteuerlust hatte ihn befallen. Ein schattiger, enger Durchgang interessierte ihn, der zur Hälfte von Gestrüpp überwuchert und die Heimat saphirblauer Insekten war. Er ging hinein, um sie zu betrachten und ein wenig mit dem Geziefer zu spielen, durchschritt den Gang, der in eine Kreuzung mündete, und hatte vergessen, aus welcher Richtung er gekommen war. Umsonst versuchte er, sich zu erinnern, wählte auf gut Glück einen der vier Wege, und die Reise begann. An der nächsten Ecke war eine Gabelung, die in drei Sträßchen führte. Erneut hoffte er auf sein Glück, in das er ein kindliches Vertrauen setzte. Er betrat Häuser und Unterführungen, er überquerte Plätze und Brükken und Balkone und verschwand für immer in den Straßen der Stadt.

Der Bleistift kratzte über das Papier. Zögernd setzte ich eine Zeile unter die andere.

114

Als ich wieder aufsah und in den Hof hinabschielte, war der Bauer eben dabei, seine letzten Kundinnen zu bedienen. Seine Bewegungen waren langsam und plump, denn man gab ihm Medikamente. Immer wieder hatten die Ärzte ihm eingeschärft, daß ein einziges Glas Bier, ja schon der Alkohol, der in einer Schnapspraline enthalten ist, das Ungeheuer in seinem Kopf aufwecken würde.

Er schloß die Ladeklappe seines Wagens, zwängte sich in die Fahrerkabine und ließ den Motor an.

Der Hof war auf allen vier Seiten von Gebäudeteilen umgeben, unter dem Vorderhaus führte eine Durchfahrt zur Straße. Der ratternde Lärm des Lastwagens verwandelte sich unter dem Gewölbe in ein dumpfes Dröhnen, wie von Fäusten, die gegen eine versperrte Tür schlagen, und verstummte im nächsten Moment.

Die Arbeit ging zäh voran. Oft saß ich stundenlang vor einem leeren Blatt Papier und wußte nicht, wie ich fortfahren sollte. Die Gedanken schlichen davon. Ich führte Selbstgespräche und grübelte über Nichtigkeiten.

Draußen ertönte Gelächter.

Herr Muchler kam nach Hause. Er überquerte den gepflasterten Hof und öffnete seine Haustür, wofür er sich auf die Zehenspitzen stellte. Sogar aus der Ferne wirkten sein Gesicht und die Hände, die aus den Ärmeln seines schwarzen Hemds hervorblickten, krankhaft bleich. Er war kaum größer als ein zehnjähriges Kind und beinah kahl; das verbliebene, vollständig ergraute Haar bildete um seinen Kopf einen schmalen Kranz. Eine blonde Frau begleitete ihn. Sie trug ein kurzes rotes Kleid, ein schlankes Wesen, das beim Gehen kaum den Boden berührte. Beide lachten um die Wette.

Wieder fragte ich mich, was sie alle an ihm fanden, wie er sie zu sich lockte, die jungen Damen mit den fein geschnittenen Gesichtern und die alten Matronen. Der Zwerg war nicht wählerisch.

Er stieg mit der Blondine das Treppenhaus herauf, und ich beobachtete, wie sie, Stockwerk um Stockwerk, die Fenster passierten. Einen Augenblick später zeigten sie sich in Muchlers Wohnzimmer; über dem Fenster war ein großer Fleck zu sehen, als hätte eine ungeheure schwarze Zunge die Fassade emporgeleckt.

Sie liebkosten einander. Sie prosteten sich mit ihren Sektgläsern zu. Ich bildete mir ein, das Kichern der Frau zu hören.

Als ich wieder aufsah, hatte der Zwerg das Licht eingeschaltet, es war Abend geworden.

Offenbar hatte er den Erben der Witwe Coppo einige Möbel abgehandelt: ihr alter, mit Messingbeschlägen verzierter Schrank und ihr Tisch standen noch am selben Platz, aber die Wände hatte er schwarz gestrichen. Herr Muchler ging im Zimmer hin und her; bisweilen blieb er vor dem Fenster stehen, um zu lachen.

Ich war müde, die Wörter fügten sich nicht mehr.

Nichts ergibt einen Sinn, dachte ich, wie ich's auch drehe und wende.

Angst suchte mich heim, und wie immer betäubte ich sie mit einem Glas Wodka.

Herr Muchler trat an eine Kommode, zog die oberste Lade auf und legte ein rotes, zusammengefaltetes Wäschestück hinein.

Der Alkohol tat seine freundliche Wirkung. Ich füllte mein Glas ein zweites Mal.

Auch aus dieser Entfernung waren die abstoßenden Züge des Menschen erkennbar: die lange und schiefe Nase und der zu einem hämischen Grinsen verzerrte Mund. Der Kopf war unverhältnismäßig groß.

Ich knipste die Lampe aus und griff nach dem Fernglas, das allezeit auf meinem Tisch bereitlag.

Herr Muchler holte eine goldene Locke, die von einem Gummiband zusammengehalten wurde, aus seiner Hosentasche und legte sie gleichfalls in die Schublade. Die übrigen Gegenstände, die er in der Kommode aufbewahrte, vermochte ich nicht zu erkennen. Der Zwerg schob die Lade zu und nahm zwei leere Sektgläser vom Fenstersims.

Für heute ist's genug, sagte ich mir.

Ich stand auf, ging in die Küche und machte mir etwas zu essen. Später setzte ich mich vor den Fernseher, wo mich lang nach Mitternacht die Schreie einer Frau weckten, deren Fleisch von einem Messer durchtrennt wurde. Ich stellte den Apparat ab und drehte das Licht aus.

Im Wohnzimmer war es stickig warm, ein schaler Geruch hing darin, der den Möbeln und dem Teppich entstieg. Ich öffnete ein Fenster, um die kühle Nachtluft hereinzulassen. Nirgends war ein Lampenschein zu sehen, augenscheinlich schliefen alle Nachbarn, und ich goß mir noch etwas Wodka ein, der meinen eigenen Schlaf befördern sollte. Oft genug konnte ich vor lauter Gedanken die ganze Nacht keine Ruhe finden.

Jenseits des Hofs trat Herr Muchler aus seiner Tür.

Er mußte das Stiegenhaus im Dunkeln hinabgegangen sein. Auch die Außenbeleuchtung schaltete er nicht an, bevor er, einen Rollkoffer hinter sich herziehend, den Hof durchquerte.

Ich trank und ging zu Bett; aber in der Nacht war mir, als ob der Zwerg mehrfach zurückkehre und wieder fortgehe. Indem Herr Muchler sein Gefährt eilig über den Hof zerrte, lärmten die Räder.

Am nächsten Vormittag blieben die Fensterläden des Nachbarn geschlossen.

Ich verließ das Haus. Es war Samstag, ich mußte für das Wochenende einkaufen. Im Hof begegnete ich Frau Krapp.

Sie hatte ein rundes, pausbäckiges Gesicht, über dessen Oberlippe man einen struppigen, fingerbreiten Bart sehen konnte. Sie war Ende vierzig, ihr Haar wurde allmählich dünn und ihre Haut durchscheinend wie die eines alten Weibs. Die Augenbrauen waren zusammengewachsen. Frau Krapp roch nach Seife.

Vor drei Jahren allerdings hatte sie einen ausneh-mend schönen Mann geheiratet, zur großen Bestür-zung sowohl der Eltern des Herrn Krapp als auch einiger sehr verliebter Frauen, die sich seiner guten Manieren, seiner sinnlichen Lippen und schönen Zähne wegen gern selbst mit ihm vermählt hätten. Aber allen Beschwörungen zum Trotz hatte er sich von dieser Ehe nicht abbringen lassen: die Häßlich-keit seiner Braut verhieß ihm das Paradies. Die Buße, glaubte er, werde ihn retten.

Im Lauf der Zeit hatte Frau Krapp die besondere Liebe ihres Gatten in dessen kleinsten Eigenarten entdeckt, gleich einem Hellseher, der das Leben in den Falten der Hand und ein grauenhaftes Ereignis aus einem Damenschuh zu lesen versteht. Sie be-merkte die übertriebene Genauigkeit ihres Mannes beim Reinigen und Polieren der Fingernägel; seine Angewohnheit, sich vor dem Essen den Bauch zu streicheln und Messer und Gabel nicht über das Fleisch zu führen, ohne es gleichzeitig zu liebkosen. Seit Monaten hatte man ihn nicht mehr gesehen. Je-der glaubte, er habe die Heirat bereut und sich da-vongemacht.

»Herr Meißl«, sagte Frau Krapp. »Wie geht's?«

»Nicht gut«, antwortete ich mißgelaunt. »Ich habe kaum geschlafen.«

»Man sieht's Ihnen an. Sie sind ganz bleich. Und was für rote Augen Sie haben! War wohl gestern viel los beim Fräulein Karuß.«

Ein boshafter Glanz erhellte ihr Gesicht.

»Nein«, erwiderte ich. »Bei ihr war's ausnahmsweise mucksmäuschenstill.«

Frau Krapp spitzte die Lippen. »Dann hat sie sicher ihren freien Tag gehabt.«

Sie lachte, und auch ich mußte lächeln, wenngleich mich beim Gedanken an die Liebhaber des Fräuleins die Eifersucht peinigte.

Herr Muchler sperrte seine Läden auf, die links und rechts gegen die Hauswand prallten. Er ist also nicht verreist, dachte ich, indem er den Kopf aus dem Fenster streckte und in den Hof herabschaute.

»Letzte Woche hab' ich sie in 'ner Kneipe mit 'nem alten Zausel herumpoussieren 'sehn«, erzählte Frau Krapp. »Mit 'ner wahren Mumie, sag' ich Ihnen. Und die ganze Zeit ging's ›Mein Spätzchen‹ und ›Mein Süßer‹. Die Leute haben geschaut, aber der war's egal.

Offenbar hatte sich Herr Muchler auf einen Schemel gestellt.

»Würden über mir solche Sauereien passieren, ich könnt' vor Ekel auch kein Auge zutun«, versicherte die Nachbarin, »selbst wenn ich keinen Ton davon hören würd'. Allein die Vorstellung!«

Herr Muchler drehte lauschend den Kopf. Er lächelte und winkte mir zu. Frau Krapp folgte meinem Blick.

»Manche Weiber tun für Geld einfach alles«, raunte sie.

»Ich wüßte gern«, antwortete ich, wobei ich gleichfalls die Stimme senkte, um Herrn Muchlers

Ohren zu entgehen, »was er all den Frauen verspricht. Umsonst wird keine ihn begleiten.«

Frau Krapp sah mich an.

»Von wem reden Sie?«

Ich flüsterte: »Von Herrn Muchler.«

Die Nachbarin runzelte die Stirn.

»Kenn' ich nicht.«

»Der neue Mieter. In der ehemaligen Wohnung der Witwe Coppo.«

Sie blickte ein weiteres Mal zum Zwerg empor, der sich nun zurückzog und das Fenster schloß.

»Da oben? Im dritten Stock?«

Frau Krapp schüttelte den Kopf.

»Sie irren sich«, erwiderte sie. »Vielleicht meinen Sie Herrn Schmitt? Der ist vor einiger Zeit neu eingezogen, aber der wohnt im ersten Stock.«

»Nein«, sagte ich. »Sie wissen, von wem ich rede. Eben noch hat er aus dem Fenster geschaut.«

Ich deutete mit dem Finger hinauf.

Frau Krapp verschränkte ihre nackten Arme. »Die Wohnung der Witwe Coppo steht leer«, sagte sie mit Bestimmtheit. »Seit dem Brand.«

– – Ich hörte, wie ich nach Atem rang. Mit einemmal war die Luft schwer geworden. Und es fiel mir ein, daß es tatsächlich ein Feuer gegeben hatte.

Ich trat einen Schritt zur Seite, aber es war mir, als gehörten meine Beine nicht mir, sondern einem Fremden, aus dessen Kopf ich in die Welt hinaussah.

Frau Krapp hatte mausgraue Augen. Sie betrachtete mich neugierig. Seit Monaten hatte niemand ihren Gatten gesehen.

Mir war, als sei ich aus einem langen Selbstgespräch aufgestört worden.

»'Ne schreckliche Art zu sterben«, urteilte Frau Krapp.

Die Wohnung war vollständig ausgebrannt. Dikker, schwarzer Rauch war aus dem Fenster gestiegen.

Wie hatte ich das vergessen können?

»Wir müssen noch froh sein«, urteilte die Nachbarin, »daß nicht das ganze Haus in Flammen gestanden ist. Die Feuerwehr sagt, ein Öllämpchen sei die Ursache gewesen. Vielleicht ist die Alte kurz aus dem Zimmer gegangen, ein Windzug, der Vorhang kommt ans Lämpchen —«

»Ja«, sagte ich mühsam. »So könnte es gewesen sein.«

Ich wandte mich ab.

»Sie sind bleich«, stellte Frau Krapp fest. »Nehmen Sie 'ne Tablette, wenn Sie nicht schlafen können. Oder trinken Sie 'n Schluck«, riet sie. »Das mach' ich auch.«

Ich stieg das Treppenhaus wieder hinauf. Ich hielt mich am Geländer fest. Ich fürchtete zu stürzen.

Endlich erreichte ich meine Wohnung.

Ich hatte geträumt. – *Geträumt.*

Das Fenster der Witwe Coppo war mit Ruß bedeckt. Die Hitze hatte es zerspringen lassen, und ein

122

Glasstück, das in den Hof gefallen war, hatte man durch Plastikfolie ersetzt, um Vögel und Ungeziefer fernzuhalten. Als ich hinübersah, glaubte ich dennoch, Reste der Einrichtung zu erkennen: einen messingbeschlagenen Schrank und einen hölzernen Tisch.

Abends begann es zu regnen. Wer im Hof war, huschte ins Haus. Ein Donnergrollen überrollte den Himmel.

Ich hatte geträumt!

Der Bleistift kratzte über das Papier. Zögernd setzte ich eine Zeile unter die andere.

Und ich hörte Fräulein Karuß das Treppenhaus heraufkommen, ihre glänzenden Lederschuhe riefen auf den Stufen ein festes und unbarmherziges Geräusch hervor. Sie schritt an meiner Tür vorbei, bald darauf hörte ich, daß sie in ihrer Wohnung umherging.

Sie hat zarte, weiße Hände. Ihre Nägel sind kleine Schaufeln.

Ich stellte mir vor, das Fräulein zu umarmen, dessen strenge Brille meine Phantasie reizte. Ich dachte an den engen Rock aus schwarzem Leder, den sie am gestrigen Tag getragen hatte, und träumte davon, ihre Liebhaber zu vertreiben, indem ich sie an Großzügigkeit übertraf. Einige Jahre später läge ich im Sterben. Das Fräulein schwüre mir in der Todesstunde ewige Treue. Ich aber wüßte: Schon auf meinem Begräbnis wäre ihr schwarzes Kleid verführerischer Putz, und durch die dunklen Seiden-strümpfe, die sie trüge, leuchtete süß das helle Fleisch.

In Herrn Muchlers Wohnung wurde das Licht eingeschaltet, und der Zwerg öffnete das Fenster, um die vom Regen gesäuberte Luft ins Zimmer zu lassen.

Er setzte sich an den Wohnzimmertisch, auf dem er allerlei Gegenstände ausgebreitet hatte, die er zärtlich küßte und streichelte.

Mit dem Fernglas betrachtete ich seine Kostbarkeiten, die Haarspangen und Schlüpfer und hübschen Damenschuhe.

Als es dunkel wurde, betrank ich mich mit einigen Gläsern Wodka, um Schlaf zu finden, und quälte mich mit den entsetzlichsten Träumen.

Am nächsten Tag brachte Herr Muchler eine Brünette mit nach Hause, die den Zwerg weit überragte, so daß es schien, als führe eine Mutter ihr Kind an der Hand.

Im Viereck des Wohnzimmerfensters stießen ihre Sektgläser gegeneinander. Ich bildete mir ein, sie klirren zu hören.

Frau Coppo hatte an einer Krankheit gelitten. Das Übel hatte ihre Knochen abgenagt, immer dürrer war sie geworden. Die Klinik hatte sie mit vier verschiedenen Arten von Tabletten nach Hause geschickt, die ihr während der Reise in die Unterwelt als Speise dienen sollten.

Abend für Abend zündete sie das Öllämpchen an und betete, der liebe Gott möge sie verschonen.

Wieder fuhr der Kartoffelbauer seinen Wagen in den Hof und ließ die Messingglocke minutenlang schellen.

Ich holte einen Plastikeimer unter der Spüle hervor und stieg die Treppe hinab.

Im Hof hatte sich bereits eine Schlange vor dem Lastwagen gebildet. Ich stellte mich an ihr Ende, direkt hinter die schöne Katharina, die an diesem Tag ein kurzes Kleid aus weißem Glattleder trug. Ich weidete meine Augen an den Pfennigabsätzen ihrer Stiefeletten, den prächtigen Waden, den Schenkeln, die unter dem Saum verschwanden. Ihre Fingernägel waren lackiert, die linke Hand umfaßte den Griff eines Korbs.

»Wieviel?« fragte der Bauer.

»Zwei Kilo, bitte«, antwortete Fräulein Karuß.

Er schüttete die Kartoffeln in ihren Korb, sie reichte ihm das Geld.

»Auf Wiedersehen.«

Nicht für den Bruchteil einer Sekunde war ihr Blick auf mich gefallen. Meine Augen folgten ihr, als sie ins Haus zurückkehrte.

»Wieviel?«

Der Bauer war fett, und seinen Oberkörper bedeckte ein gelbbrauner Pullover, der über der Hose ringsum einen handbreiten Spalt blanker Haut sehen ließ.

Das Gesicht war rot, im Mund standen die Zähne schief und lückenhaft beisammen.

Er roch nach Alkohol.

———

INHALT

Bibliographische Hinweise

»Die Fliege« erschien in früherer Fassung erstmals in
Gegen Unendlich, 13/2018, S. 50-55 und
»Dämmerung« in *Gegen Unendlich*, 15/2019, S. 119f.

Alle anderen Erzählungen erschienen erstmals mit der
Veröffentlichung von *Das Bestiarium* 2020.